Translated Language Learning

Les Aventures d'Alice au Pays des Merveilles

Aventurile lui Alice în Țara Minunilor

Lewis Carroll

Français / Română

Dans le Terrier du Lapin
În gaura iepurelui

Alice commençait à être très fatiguée
Alice începea să obosească foarte tare
Elle était assise à côté de sa sœur sur le talus d'herbe
stătea lângă sora ei pe malul de iarbă
Mais elle n'avait rien à faire
dar nu avea nimic de făcut
Sa sœur lisait un livre
sora ei citea o carte
une ou deux fois, Alice jeta un coup d'œil dans le livre
o dată sau de două ori Alice a aruncat o privire în carte
Mais le livre ne contenait ni images ni conversations
dar cartea nu avea imagini sau conversații în ea
« À quoi sert un livre sans images ? » pensa Alice
"Ce rost are o carte fără imagini?", se gândi Alice
« Pourquoi un livre n'aurait-il pas de conversations ? »
"De ce o carte nu ar avea conversații?"
Mais elle avait d'autres choses à considérer
dar avea alte lucruri de luat în considerare

« Faire une chaîne de marguerites serait un plaisir »
"Ar fi o plăcere să faci un lanț de margarete"
**« Mais cela vaut-il la peine de se lever et de cueillir les
marguerites ?? »**
"Dar merită efortul de a te ridica și de a culege margaretele??"
Ce n'était pas si facile d'y penser
Nu a fost atât de ușor să te gândești la asta
parce que la journée la rendait somnolente et stupide
pentru că ziua o făcea să se simtă somnoroasă și proastă.
Mais soudain, ses pensées s'interrompirent
dar deodată gândurile ei au fost întrerupte
un lapin blanc aux yeux roses courait près d'elle
un iepure alb cu ochi roz a alergat aproape de ea

Il n'y avait rien de trop remarquable chez le lapin
Nu era nimic prea remarcabil la iepure
et Alice ne trouvait pas non plus le lapin remarquable
și nici Alice nu a crezut că iepurele este remarcabil
elle ne s'étonna pas non plus quand le Lapin parla
nici nu a surprins-o când Iepurele a vorbit
« Oh mon Dieu ! Je serai trop tard ! se dit-il
"Oh, dragă! Voi fi prea târziu!" și-a spus el
**mais alors le Lapin a fait quelque chose que les lapins n'ont
pas fait**

dar apoi Iepurele a făcut ceva ce iepurii nu au făcut
le Lapin tira une montre de la poche de son gilet
Iepurele scoase un ceas din buzunarul vestei
Il regarda l'heure puis se hâta
S-a uitat la oră și apoi s-a grăbit
Alice se leva, stupéfaite
Alice s-a ridicat în picioare, uimită
Elle n'avait jamais vu un lapin avec un gilet auparavant !
Nu mai văzuse niciodată un iepure cu vestă!
elle n'avait jamais vu non plus de lapin avec une montre !
nici nu văzuse vreodată un iepure cu ceas!
Alice brûlait d'une nouvelle curiosité
Alice ardea de o nouă curiozitate
et elle courut à travers le champ après le Lapin
și a alergat pe câmp după Iepure
Elle était juste à temps pour voir le lapin disparaître
A fost exact la timp să vadă iepurele dispărând
Le lapin sauta dans un grand terrier de lapin
iepurele a sărit într-o gaură mare de iepure
Un instant plus tard, Alice s'est mise à courir après le lapin !
Într-o clipă, Alice a coborât după iepure!
Le terrier du lapin continuait tout droit comme un tunnel
Gaura iepurelui a mers drept ca un tunel
Et le tunnel a continué à avancer sur une certaine distance
și tunelul a continuat să meargă pe o anumită distanță
Et puis le chemin s'est soudainement incliné
și apoi cărarea s-a scufundat brusc
Alice n'eut pas un instant pour songer à s'arrêter
Alice nu a avut nici o clipă să se gândească să se oprească
Elle s'est retrouvée à tomber et à tomber
s-a trezit căzând și în jos și în jos
Il semblait qu'elle était tombée dans un puits très profond
părea că a căzut într-o fântână foarte adâncă
Ou le puits était très profond, ou bien elle tombait très lentement
Fie fântâna era foarte adâncă, fie cădea foarte încet
parce qu'elle avait tout le temps de tomber

pentru că a avut suficient timp să cadă
alors qu'elle tombait, elle pouvait regarder tout autour d'elle
în timp ce cădea, se putea uita în jur
D'abord, elle a essayé de comprendre où elle allait
Mai întâi, a încercat să-şi dea seama unde se îndreaptă
mais le puits était trop sombre pour voir quoi que ce soit
dar fântâna era prea întunecată pentru a vedea ceva
Puis elle regarda les côtés du puits
apoi s-a uitat la marginea fântânii
Et elle remarqua qu'il y avait des placards tout autour d'elle
şi a observat că erau dulapuri peste tot în jurul ei
et tout autour du puits il y avait des étagères de livres
şi peste tot în fântână erau rafturi de cărţi
Çà et là, elle voyait des cartes et des tableaux accrochés à des piquets
ici şi colo a văzut hărţi şi tablouri atârnate de cuie
En passant, elle prit un bocal sur l'une des étagères
A scos un borcan de pe unul dintre rafturi în timp ce trecea
Le pot a été étiqueté pour son contenu
Borcanul a fost etichetat pentru conţinutul său
« **MARMELADE D'ORANGES** »
"MARMELADĂ DIN PORTOCALE"
Mais, à sa grande déception, le pot de marmelade était vide
dar, spre marea ei dezamăgire, borcanul de marmeladă era gol
Elle ne voulait pas laisser tomber le pot de marmelade vide
nu voia să scape borcanul gol de marmeladă
et sa chute fut très lente
şi căderea ei a fost foarte lentă
Elle a donc réussi à mettre le pot de marmelade dans l'un des placards
aşa că a reuşit să pună borcanul de marmeladă într-unul dintre dulapuri
Tombée, descendue, tombée !
Jos, jos, jos ea cade!
La chute prendrait-elle fin ?
Va lua vreodată sfârşit toamna?
Il n'y avait rien d'autre à faire

Nu era nimic altceva de făcut

alors Alice commença bientôt à se parler à elle-même

așa că Alice a început curând să vorbească cu ea însăși

« Je vais beaucoup manquer à Dinah ce soir, je pense ! »

— Dinah o să-i fie foarte dor de mine în seara asta, cred!

Dinah était le chat d'Alice

Dinah era pisica lui Alice

« J'espère qu'ils se souviendront de sa soucoupe de lait à l'heure du thé »

— Sper că își vor aminti farfuria ei cu lapte la ora ceaiului.

« Dinah, ma chère, je voudrais que tu sois ici avec moi ! »

"Dinah, draga mea, aș vrea să fii aici jos cu mine!"

Alice sentit qu'elle s'assoupissait

Alice simțea că moțăie

Et puis soudain, bruit sourd ! bourrade!

și apoi, dintr-o dată, lovitură! Bătaie!

Elle tomba sur un tas de bâtons

A căzut pe o grămadă de bețe

et elle atterrit sur un tas de feuilles sèches

și a aterizat pe o grămadă de frunze uscate

et enfin la longue chute dans le trou était terminée

și în cele din urmă căderea lungă în gaură s-a terminat

Alice n'était pas du tout blessée

Alice nu a fost deloc rănită

Et elle se leva d'un bond au bout d'un instant

și a sărit în sus într-o clipă

Elle leva les yeux, mais il faisait noir au-dessus de sa tête

Ea s-a uitat în sus, dar totul era întuneric deasupra capului

Devant elle se trouvait un autre long couloir

În fața ei era un alt coridor lung

et le Lapin Blanc était toujours en vue

iar Iepurele Alb era încă la vedere

Il se hâtait dans le couloir

se grăbea pe coridor

Il n'y avait pas un instant à perdre

Nu era nici un moment de pierdut

Alice s'enfuit comme le vent

Alice a fugit ca vântul
Au coin de la rue, le lapin s'est retourné
după colţ s-a întors iepurele
Elle était juste à temps pour entendre le lapin
A fost exact la timp să audă iepurele
« "Oh, mes oreilles et mes moustaches »
"Oh, urechile şi mustăţile mele"
« Comme il est tard ! »
"Cât de târziu se face!"
Elle était tout près derrière le lapin
Era aproape în spatele iepurelui
Elle tourna au détour d'un autre coin
S-a întors după un alt colţ
mais le Lapin n'était plus visible
dar Iepurele nu mai era de văzut
Elle se retrouva dans une longue salle basse
S-a trezit într-o sală lungă şi joasă
La salle était éclairée par une rangée de plafonniers
Sala era luminată de un rând de lămpi de tavan
Il y avait des portes tout autour de la salle
Erau uşi peste tot în hol
mais toutes les portes étaient fermées à clé
dar toate uşile erau încuiate
Elle marcha tout le long d'un côté de la salle
A mers pe o parte a holului
et elle avait fait tout le chemin de l'autre côté de la salle
şi a mers până la cealaltă parte a sălii
Elle avait essayé toutes les portes
încercase fiecare uşă
et elle marchait tristement au milieu de la salle
şi a mers tristă în mijlocul holului
« Comment vais-je jamais en sortir ? »
"Cum voi mai ieşi vreodată?"

Tout à coup, elle tomba sur une petite table
Deodată a dat peste o măsuță
La table était entièrement en verre massif
masa era făcută în întregime din sticlă solidă
Il n'y avait rien sur la table à part une petite clé dorée
Nu era nimic pe masă decât o cheie mică de aur
La clé pourrait appartenir à l'une des portes !
cheia ar putea aparține uneia dintre uși!
Mais, hélas ! Certaines serrures étaient trop grandes pour les clés
dar, vai! unele dintre încuietori erau prea mari pentru chei
et pour les autres serrures, la clé était trop petite
iar pentru celelalte încuietori cheia era prea mică
mais, en tout cas, la clef n'ouvrit aucune des portes
dar, în orice caz, cheia nu a deschis nici una dintre uși
Mais que devait-elle faire ?
dar ce trebuia să facă?
Elle traversa de nouveau le couloir
A trecut din nou prin hol
et cette fois, elle remarqua un rideau bas
și de data aceasta a observat o perdea joasă
Derrière le rideau se trouvait une petite porte
în spatele cortinei era o ușă mică
La porte avait une quinzaine de pouces de haut

uşa avea aproximativ cinsprezece centimetri înălţime

Elle essaya la petite clé dorée dans la serrure

A încercat cheia de aur din încuietoare

Et à sa grande joie, la clé s'est glissée dans la serrure !

şi spre marea ei încântare, cheia a încăput în încuietoare!

Alice ouvrit la porte

Alice a deschis uşa

et elle trouva la porte qui donnait sur un petit couloir

şi a găsit uşa care ducea într-un mic coridor

Le couloir n'était pas beaucoup plus grand qu'un trou à rats

Coridorul nu era cu mult mai mare decât o gaură de şobolan

Elle s'agenouilla et regarda le long du couloir

A îngenuncheat şi s-a uitat de-a lungul coridorului

et elle a vu le plus beau jardin que vous ayez jamais vu

şi a văzut cea mai frumoasă grădină pe care ai văzut-o
vreodată

comme elle avait envie de sortir de cette salle sombre

cât de mult tânjea să iasă din acea sală întunecată

comme elle voulait se promener parmi ces fleurs lumineuses

cum voia să rătăcească printre acele flori strălucitoare

Comme ces fontaines avaient l'air cool et rafraîchissantes

Cât de răcoritoare arătau acele fântâni

Mais elle ne pouvait même pas passer la tête par la porte

dar nici măcar nu putea să-şi scoată capul prin uşă

— Oh ! dit Alice d'un ton lugubre

— Oh, spuse Alice cu tristeţe

comme je voudrais pouvoir me plier comme un télescope !

"cât de mult aş vrea să mă pot plia ca un telescop!"

« Je pense que je pourrais me plier comme un télescope »

"Cred că aş putea să mă pliez ca un telescop"

« Si seulement je savais par où commencer »

"Dacă aş şti cum să încep"

Alice retourna à la table

Alice s-a întors la masă

Il y avait la chance de trouver une autre clé

exista şansa de a găsi o altă cheie

Ou il pourrait y avoir un livre de règles

sau ar putea exista o carte de reguli

Le livre pourrait lui apprendre à se plier comme un télescope

cartea i-ar putea spune cum să se plieze ca un telescop

Cette fois, elle trouva une petite bouteille

De data aceasta a găsit o sticlă mică

« cette bouteille n'était certainement pas là auparavant, » dit Alice

— Cu siguranță că sticla asta nu mai fusese aici, spuse Alice

et autour du goulot de la bouteille était attachée une étiquette en papier

și legată în jurul gâtului sticlei era o etichetă de hârtie

L'étiquette était magnifiquement imprimée en grandes lettres

eticheta era frumos imprimată cu litere mari

« BOIS-MOI »

"BEA-ME"

« Non, je vais regarder d'abord », a-t-elle dit

"Nu, mă voi uita mai întâi", a spus ea

« Je vais voir si la bouteille est marquée comme toxique ou non, »

"Voi vedea dacă sticla este marcată ca otrăvitoare sau nu."

Parce qu'elle n'a jamais oublié la leçon sur le poison

pentru că nu a uitat niciodată lecția despre otravă

« Si une bouteille est étiquetée comme toxique, elle est forcément en désaccord avec vous »

"Dacă o sticlă este etichetată ca otrăvitoare, este obligat să nu fie de acord cu tine"

Cependant, cette bouteille n'a pas été marquée comme toxique

Cu toate acestea, această sticlă nu a fost marcată ca otrăvitoare

alors Alice se hasarda à goûter le contenu de la bouteille

așa că Alice a îndrăznit să guste conținutul sticlei

Elle trouva le liquide tout à fait à son goût

A găsit lichidul pe placul ei

La boisson avait une sorte de saveur mélangée

băutura avea un fel de aromă mixtă

tarte aux cerises, crème pâtissière et ananas

tartă de cireșe, cremă și ananas
Rôtir la dinde, le caramel et le pain grillé au beurre chaud
curcan prăjit, caramel și pâine prăjită cu unt fierbinte
et elle finit bientôt la bouteille
și curând a terminat sticla
« Quelle curieuse sensation ! » dit Alice
— Ce sentiment ciudat! spuse Alice
« Je me plie comme un télescope ! »
"Mă pliez ca un telescop!"
Et elle se repliait comme un télescope !
Și se plia ca un telescop într-adevăr!
Elle n'avait plus que dix pouces de haut
Acum avea doar zece centimetri înălțime
et son visage s'éclaira à ses pensées
și fața i s-a luminat la gânduri
Maintenant, elle était de la bonne taille pour la petite porte
acum avea dimensiunea potrivită pentru ușa mică
Maintenant, elle pouvait aller dans ce joli jardin
acum putea intra în acea grădină minunată
Bientôt, elle a cessé de devenir plus petite
Curând a încetat să mai micșoreze
Elle décida d'aller tout de suite dans le jardin
S-a hotărât să meargă imediat în grădină
mais, hélas pour la pauvre Alice !
dar, vai de biata Alice!
Elle arriva à la porte
a ajuns la ușă
Mais elle avait oublié la petite clé d'or
dar uitase cheia de aur
Elle retourna à la table pour prendre la clé
s-a întors la masă după cheie
Mais elle s'aperçut qu'elle ne pouvait pas atteindre assez haut
dar ea a descoperit că nu poate ajunge suficient de sus
Elle pouvait voir la clé très distinctement à travers la vitre
putea vedea cheia destul de clar prin geam
Elle essaya de grimper sur les pieds de la table

a încercat să se caţere pe picioarele mesei
Mais le verre était beaucoup trop glissant
dar paharul era mult prea alunecos
Finalement, elle s'est fatiguée à essayer
În cele din urmă s-a obosit încercând
et la pauvre petite fille s'assit et pleura
şi biata fetiţă s-a aşezat şi a plâns
Alice se parlait à elle-même assez vivement
Alice a vorbit cu ea însăşi destul de aspru
« Allons, ça ne sert à rien de pleurer comme ça ! »
"Hai, nu are rost să plângi aşa!"
« Je vous conseille d'arrêter tout de suite ! »
"Te sfătuiesc să te opreşti chiar acum!"
Elle se donnait généralement de très bons conseils
În general, îşi dădea sfaturi foarte bune
bien qu'elle suivît très rarement ses propres conseils
deşi foarte rar şi-a urmat propriul sfat
Et elle était parfois trop dure envers elle-même
şi uneori era prea aspră cu ea însăşi
et ses paroles lui firent monter les larmes aux yeux
şi cuvintele ei i-au adus lacrimi în ochi
Bientôt, son regard tomba sur une petite boîte en verre
Curând ochii ei au căzut pe o cutie mică de sticlă
La petite boîte de verre était posée sous la table
cutia de sticlă zăcea sub masă
Dans la boîte en verre se trouvait un tout petit gâteau
În cutia de sticlă era o prăjitură foarte mică
Sur le gâteau, quelques mots étaient magnifiquement écrits
Pe tort erau scrise frumos câteva cuvinte
les mots avaient été marqués dans des groseilles
cuvintele fuseseră marcate cu coacăze
« MANGE-MOI »
"MĂNÂNCĂ-ME"
« Eh bien, je vais manger le gâteau », dit Alice
"Ei bine, voi mânca tortul", a spus Alice
« et si le gâteau me fait grossir, je peux atteindre la clé »
"şi dacă tortul mă face să cresc mai mare, pot ajunge la cheie"

« et si le gâteau me fait rapetisser, je peux me glisser sous la porte »

"și dacă tortul mă face să devin mai mic, mă pot strecura pe sub ușă"

« Donc, de toute façon, j'irai dans le jardin »

"așa că oricum voi intra în grădină"

« Et peu m'importe lequel des deux arrive ! »

"și nu-mi pasă care dintre cele două se întâmplă!"

Elle a mangé un peu du gâteau

A mâncat puțin din tort

et elle se parla anxieusement à elle-même :

și își spuse neliniștită:

« Dans quel sens ? Dans quel sens ?

"În ce direcție? În ce direcție?"

et elle posa la main sur sa tête

și și-a ținut mâna pe cap

Elle voulait sentir de quelle façon elle grandissait

Voia să simtă în ce direcție crește

Elle fut très surprise de découvrir ce qui s'était passé

A fost destul de surprinsă să afle ce s-a întâmplat

Elle était restée de la même taille !

rămăsese la aceeași dimensiune!

Cette fois, elle redoubla donc d'efforts

așa că de data aceasta și-a dublat eforturile

Et bientôt, elle termina tout le gâteau

și curând a terminat tot tortul

La mare de larmes
Balta de lacrimi

« Cela devient de plus en plus intéressant ! » s'écria Alice

— Devine din ce în ce mai interesant! strigă Alice

Vous pouvez voir qu'elle était très surprise

Puteți vedea că a fost foarte surprinsă

« Je m'ouvre comme le plus grand télescope qui ait jamais existé ! »

"Mă deschid ca cel mai mare telescop care a existat vreodată!"

« Au revoir, les pieds ! Oh, mes pauvres petits pieds"

"La revedere, picioare! Oh, sărmanele mele picioare"

« Je me demande qui va vous mettre vos chaussures maintenant, mes chères ? »

"Mă întreb cine vă va pune pantofii acum, dragilor?"

et je me demande qui mettra vos bas ?

și mă întreb cine îți va pune ciorapii?

« Je serai beaucoup trop loin »

"Voi fi mult prea departe"

« Je ne pourrai plus me soucier de toi »

"Nu mă voi mai putea deranja pentru tine"

Juste à ce moment, sa tête heurta quelque chose

Chiar în acel moment capul ei s-a lovit de ceva

Elle avait atteint le toit de la salle

ajunsese pe acoperișul sălii

En fait, elle mesurait maintenant plus de deux mètres

de fapt, acum avea mai mult de doi metri înălțime

et elle prit aussitôt la petite clef d'or

și a luat imediat cheia mică de aur

et elle se précipita vers la porte du jardin

și s-a grăbit să ajungă la ușa grădinii

Pauvre Alice ! Il n'y avait pas grand-chose qu'elle pouvait faire

Biata Alice! Nu putea face mare lucru

Elle s'allongea sur le côté

S-a întins într-o parte

et elle regarda d'un œil dans le jardin

și s-a uitat prin grădină cu un ochi

Mais s'en sortir était plus désespéré que jamais
dar să treci era mai fără speranță ca niciodată
Elle s'est assise et a recommencé à pleurer
S-a așezat și a început să plângă din nou
Elle a continué à verser des litres de larmes
A continuat să verse litri de lacrimi
Bientôt, il y eut une grande flaque tout autour d'elle
curând a fost o piscină mare în jurul ei
et l'eau atteignait la moitié du couloir
și apa a ajuns la jumătatea holului
Au bout d'un moment, elle entendit un petit claquement de pieds
După un timp, a auzit un mic zgomot de picioare
Elle entendit les pas venir de loin
a auzit picioarele venind de la distanță
et elle s'essuya vivement les yeux pour voir ce qui allait arriver
și și-a uscat în grabă ochii să vadă ce urmează
C'était le retour du Lapin Blanc
Era Iepurele Alb care se întorcea
Il était magnifiquement vêtu
era îmbrăcat splendid
Il avait une paire de gants blancs dans une main
Avea o pereche de mănuși albe într-o mână
et il avait un grand éventail de plumes dans l'autre main
și avea un evantai mare de pene în cealaltă mână
Il arriva en trottinant en toute hâte
A venit la trap în mare grabă
et il murmura en lui-même : « Oh ! la duchesse, la duchesse !
și a murmurat în sinea sa: "Oh! ducesa, ducesa!"
« Ah ! ne serait-elle pas sauvage si je l'ai fait attendre !
"Oh! nu va fi sălbatică dacă am lăsat-o să aștepte!"

Quand le Lapin s'approcha d'elle, Alice prit la parole
Când Iepurele s-a apropiat de ea, Alice a vorbit
Mais elle parlait d'une voix basse et timide
dar vorbea cu o voce joasă și timidă
« Monsieur, s'il vous plaît, arrêtez ce que vous faites un instant »
"Domnule, vă rog să opriți ceea ce faceți pentru o clipă"
Le Lapin sursauta violemment
Iepurele a tresărit violent
Il laissa tomber les gants blancs et l'éventail de plumes
A scăpat mănușile albe și evantaiul cu pene
et il s'enfuit dans les ténèbres aussi vite qu'il le put
și a fugit în întuneric cât de repede a putut
Alice ramassa l'éventail en plumes et les gants
Alice a luat evantaiul de pene și mănușile
Et elle n'arrêtait pas de s'éventer tout en parlant
și se tot evantaia în timp ce continua să vorbească
« Cher, cher ! Comme tout est étrange aujourd'hui !
"Dragă, dragă! Cât de ciudat este totul astăzi!"

« Hier, les choses se sont passées comme d'habitude »
"Ieri lucrurile au mers ca de obicei"
« Étais-je le même quand je me suis levé ce matin ? »
"Am fost la fel când m-am trezit azi dimineață?"
« Mais si je ne suis pas le même, il y a une autre question »
"Dar dacă nu sunt la fel, există o altă întrebare"
« Qui suis-je ? »
"Cine naiba sunt eu?"
« Ah, c'est le grand casse-tête ! »
"Ah, asta e marea enigmă!"
En disant cela, elle baissa les yeux sur ses mains
În timp ce spunea asta, s-a uitat în jos la mâinile ei
Elle portait l'un des petits gants blancs du lapin
purta una dintre mănușile albe ale iepurelui
Elle n'avait pas remarqué qu'elle avait mis le gant en parlant
Nu observase că își punea mănușa în timp ce vorbea
« Comment ai-je pu faire cela ? » a-t-elle pensé
"Cum am putut face asta?" se gândi ea
« Je dois redevenir petit »
"Trebuie să devin mic din nou"
Elle se leva et s'approcha de la table pour mesurer sa taille
S-a ridicat și s-a dus la masă să-și măsoare înălțimea
Elle a découvert qu'elle mesurait maintenant environ un demi-mètre
A descoperit că acum avea aproximativ jumătate de metru înălțime
et elle rétrécissait encore rapidement
și ea încă se micșorează rapid
Elle découvrit rapidement quelle était la cause de ce rétrécissement
Curând a aflat care a fost cauza micșorării
L'éventail de plumes la rendait encore plus petite !
Evantaiul cu pene o făcea din nou mai mică!
et elle laissa tomber l'éventail de plumes à la hâte
și a scăpat în grabă evantaiul de pene
Elle laissa tomber l'éventail de plumes juste à temps pour se sauver

A scăpat evantaiul de pene exact la timp pentru a se salva
Si elle s'était éventée plus longtemps, elle se serait complètement retirée
dacă s-ar fi mai evantaiat, s-ar fi retras complet
« C'était une échappatoire de justesse ! » dit Alice
— A fost o scăpare la limită! spuse Alice
et elle fut bien effrayée de ce changement soudain
și era destul de speriată de schimbarea bruscă
mais elle était très heureuse de se trouver encore en existence
dar era foarte bucuroasă să se afle încă în existență
« Et maintenant, en route pour le jardin ! »
"Și acum, la grădină!"
Et elle courut à toute vitesse vers la petite porte
Și a alergat cu toată viteza înapoi la ușa mică
Mais, hélas ! La petite porte fut refermée
dar, vai! ușa mică s-a închis din nou
et la petite clé d'or était de nouveau posée sur la table de verre
și cheia mică de aur zăcea din nou pe masa de sticlă
« Les choses sont pires que jamais », pensa le pauvre enfant
"Lucrurile sunt mai rele ca niciodată", se gândi bietul copil
« Je n'ai jamais été aussi petit que ça auparavant, jamais ! »
"Niciodată nu am fost atât de mică ca asta, niciodată!"
En prononçant ces mots, son pied glissa
În timp ce spunea aceste cuvinte, piciorul îi alunecă
et un instant plus tard, il y eut une grande éclaboussure !
și într-o altă clipă s-a făcut o mare stropire!
Elle était dans l'eau salée jusqu'au menton
era până la bărbie în apă sărată
Sa première idée fut qu'elle était tombée d'une manière ou d'une autre dans la mer
Prima ei idee a fost că a căzut cumva în mare
Cependant, elle s'est vite rendu compte dans quoi elle se trouvait
Cu toate acestea, și-a dat seama curând în ce se afla
Elle était dans une mare de larmes

era într-o baltă de lacrimi
**les larmes qu'elle avait versées quand elle avait deux mètres
de haut**
lacrimile pe care le plânsese când avea doi metri înălțime

Juste à ce moment-là, elle entendit quelque chose
Chiar atunci a auzit ceva
Quelque chose barbotait dans la mare
ceva se bălăcea în piscină
Les éclaboussures venaient d'un peu de loin
Stropirea venea de la mică distanță
**et elle nagea plus près pour voir ce que c'était que les
éclaboussures**
și a înotat mai aproape să vadă ce stropește
Elle vit bientôt que ce n'était qu'une petite souris
Curând a văzut că era doar un șoarece mic
La petite souris s'était également glissée dans l'eau
șoarecele alunecat și el în apă
Alice réfléchit à la situation
Alice s-a gândit la situație
« Serait-il utile de parler à cette souris ? »

— Ar fi de vreun folos să vorbesc cu șoarecele ăsta?
« Tout est tellement à l'envers ici »
"Totul este atât de răsturnat aici jos"
« Je pense que c'est très probable que cette souris peut parler »
"Cred că foarte probabil acest șoarece poate vorbi"
« En tout cas, il n'y a pas de mal à essayer »
"În orice caz, nu este rău să încerci"
Alors elle a commencé à essayer de parler à la souris
Așa că a început să încerce să vorbească cu șoarecele
« Oh Souris, sais-tu comment sortir de cette mare ? »
"Oh, șoarece, știi cum să ieși din această piscină?"
« Je suis bien fatigué de nager ici, ô souris ! »
"M-am săturat foarte mult să înot pe aici, Oh Mouse!"
La souris la regarda d'un air assez inquisiteur
Șoarecele s-a uitat la ea destul de curios
La souris semblait cligner de l'œil avec l'un de ses petits yeux
șoarecele părea să clipească cu unul dintre ochii săi mici
Mais la petite souris ne dit rien
dar micul șoarece nu a spus nimic
« Peut-être la souris ne comprend-elle pas l'anglais », pensa Alice
"Poate că șoarecele nu înțelege engleza", se gândi Alice
« J'ose dis-le que c'est une souris française »
"Îndrăznesc să spun că este un șoarece franțuzesc"
« peut-être que cette souris est venue avec Guillaume le Conquérant »
"poate că acest șoarece a venit cu William Cuceritorul"
Alors elle a recommencé, en français
Așa că a început din nou, în franceză
« Où est mon chat ? » a-t-elle demandé en français
"Unde este pisica mea?" a întrebat ea în franceză
c'était la première phrase de son livre de leçons de français
era prima propoziție din cartea ei de lecții de franceză
La souris fit un saut soudain hors de l'eau
Șoarecele a făcut un salt brusc din apă

et la souris semblait frémir de frayeur
iar șoarecele părea să tremure de frică
— Oh ! je vous demande pardon ! s'écria vivement Alice
— Oh, vă cer iertare! strigă Alice în grabă
Elle craignait d'avoir blessé les sentiments du pauvre animal
Se temea că a rănit sentimentele bietului animal
« J'oubliais que tu n'aimais pas les chats »
"Am uitat că nu-ți plac pisicile"
« Je n'aime pas les chats ! » cria la Souris d'une voix aiguë et passionnée
"Nu-mi plac pisicile!" a strigat Șoarecele cu o voce stridentă și pasională
« Voudrais-tu des chats, si tu étais moi ? »
"Ți-ar plăcea pisicile, dacă ai fi în locul meu?"
Alice réconforta la souris d'un ton apaisant
Alice a mângâiat șoarecele pe un ton liniștitor
« Eh bien, peut-être que je n'aimerais pas non plus les chats si j'étais vous »
"Ei bine, poate că nici mie nu mi-ar plăcea pisicile dacă aș fi în locul tău"
« S'il vous plaît, ne soyez pas en colère à propos de la mention des chats »
"Vă rog să nu vă supărați pentru menționarea pisicilor"
« Et pourtant, j'aimerais pouvoir te montrer notre chat Dinah »
"Și totuși aș vrea să-ți pot arăta pisica noastră Dinah"
« Si vous la rencontriez, je pense que vous prendriez goût aux chats »
"Dacă ai întâlni-o, cred că ți-ar plăcea pisicile"
« Si seulement vous pouviez la voir »
"Dacă ai putea să o vezi"
« Elle est une chose si chère et si calme »
"Este o ființă atât de dragă și tăcută"
La souris tremblait de partout
Șoarecele tremura peste tot
Alice était certaine que la souris devait être vraiment offensée

Alice era sigură că șoarecele trebuie să fie cu adevărat jignit
« On ne parlera plus d'elle, si tu préfères ne pas le faire »
"Nu vom mai vorbi despre ea, dacă preferi să nu"
« Nous, en effet ! » s'écria la Souris
"Noi, într-adevăr!" a strigat Șoarecele
La souris tremblait jusqu'au bout de sa queue
șoarecele tremura până la capătul cozii
« Comme si je voulais parler d'un tel sujet ! »
— Ca și cum aș vorbi despre un astfel de subiect!
« Notre famille a toujours détesté les chats »
"Familia noastră a urât întotdeauna pisicile"
"Les chats ; des choses méchantes, basses, vulgaires !
"pisici; lucruri urâte, josnice, vulgare!"
« Ne me laissez plus entendre le nom ! »
"Nu mă lăsa să aud numele din nou!"
— Je ne parlerai plus des chats, en effet, dit Alice
— Nu voi mai pomeni pisici, într-adevăr, spuse Alice
Elle était très pressée de changer de sujet
Se grăbea să schimbe subiectul
"Êtes-vous... Aimez-vous les chiens ?
"Ești... Îți plac câinii?"
« Il y a un petit chien si gentil près de notre maison, »
"E un cățeluș atât de drăguț lângă casa noastră."
« Je voudrais te montrer le petit chien ! »
"Aș vrea să-ți arăt cățelușul!"
"Ce petit chien tue tous les rats et...
"Acest cățeluș ucide toți șobolanii și...
« Oh ! mon Dieu ! » s'écria Alice d'un ton triste
— Oh, dragă! strigă Alice pe un ton trist
« J'ai peur de t'avoir encore offensé ! »
"Mi-e teamă că te-am jignit din nou!"
La souris nageait loin d'elle aussi vite qu'elle le pouvait
șoarecele se îndepărta de ea cât de repede putea
et la souris fit tout un vacarme dans la mare
iar șoarecele a făcut o mare agitație în piscină
Alors elle appela doucement la souris
Așa că a strigat încet după șoarece

« Ma chère souris, s'il vous plaît, revenez ! »
"Dragul meu șoarece, te rog să te întorci!"
« Et nous ne parlerons pas des chats »
"Și nu vom vorbi despre pisici"
« Et nous n'avons pas non plus besoin de parler des chiens »
"Și nici nu trebuie să vorbim despre câini"
Quand la souris entendit cela, elle se retourna
Când șoarecele a auzit asta, s-a întors
et la petite souris nagea lentement vers elle
și șoarecele a înotat încet înapoi la ea
Le visage de la souris était assez pâle
fața șoarecelui era destul de palidă
et la souris parla d'une voix basse et tremblante
și șoarecele a vorbit cu o voce joasă și tremurândă
« Allons à la rive »
"Să ajungem la țărm"
« et ensuite je vous raconterai mon histoire »
"și apoi îți voi spune istoria mea"
« et vous comprendrez pourquoi c'est moi qui déteste les
chats et les chiens »
"și vei înțelege de ce urăsc pisicile și câinii"
Il était grand temps de partir
Era timpul să plec
parce que la piscine devenait assez bondée
pentru că piscina devenea destul de aglomerată
D'autres oiseaux et animaux étaient tombés dans la mare
alte păsări și animale căzuseră în piscină
il y avait un Canard et un Dodo
erau o rață și un dodo
et il y avait un oiseau Lory et un aiglon
și mai era o pasăre Lory și un vultur
et il y avait plusieurs autres créatures intéressantes
și mai erau câteva creaturi interesante
Alice a ouvert la voie à la sortie de la piscine
Alice a condus calea de ieșire din piscină
et toute la troupe des animaux nagea jusqu'au rivage
și întregul grup de animale a înotat până la țărm

Une course de caucus et une longue traîne
O cursă de caucus și o coadă lungă

C'était en effet une bande d'animaux à l'allure amusante
Erau într-adevăr o grămadă de animale cu aspect amuzant
et ils se rassemblèrent tous sur le bord de l'eau
și s-au adunat cu toții pe malul apei
Les oiseaux avaient tous des plumes débraillées
toate păsările aveau pene zdrobite
et les animaux à fourrure étaient trempés
iar animalele blănoase erau ude
et tous étaient trempés, agacés et mal à l'aise
și toate erau ude, enervate și incomode

Il y avait une question à laquelle il fallait répondre en premier
A existat o întrebare la care trebuia să se răspundă mai întâi
Quelle est la meilleure façon pour tout le monde de se sécher ?
Care este cel mai bun mod pentru toată lumea de a se usca?
Ils ont tenu une consultation à ce sujet
Au avut o consultare pe această temă
Bientôt, ils furent tous en bons termes
curând au fost cu toții în relații familiare

C'était comme si elle les avait connus toute sa vie
Era ca și cum i-ar fi cunoscut toată viața
La souris semblait être une personne d'une certaine autorité
șoarecele părea a fi o persoană cu o anumită autoritate
« Asseyez-vous, vous tous, et écoutez-moi ! »
"Așezați-vă, cu toții, și ascultați-mă!
« Je vais bientôt vous faire sécher à nouveau ! »
"În curând vă voi usca din nou pe toți!"
Ils s'assirent tous en même temps, dans un grand cercle
S-au așezat cu toții deodată, într-un inel mare
et la petite souris s'assit au milieu
și șoarecele stătea în mijloc
« Hum ! » dit la souris d'un air important
"Ahem!" a spus șoarecele cu un aer important
« Êtes-vous tous prêts ? »
"Sunteți cu toții gata?"
« C'est la chose la plus sèche que je connaisse »
"Acesta este cel mai uscat lucru pe care îl cunosc"
« Silence tout autour, s'il vous plaît ! »
"Tăcere peste tot, te rog!"
« Guillaume le Conquérant était favorisé par le pape »
"William Cuceritorul a fost favorizat de papă"
« mais il fut bientôt soumis par les Anglais »
"dar în curând a fost supus de englezi"
« Ils voulaient des leaders ces derniers temps »
"Au vrut lideri în ultima vreme"
« et ils avaient été habitués au pouvoir et à la conquête »
"și erau obișnuiți cu puterea și cucerirea"
« Edwin et Morcar, les comtes de Mercie et de
Northumbrie »
"Edwin și Morcar, conții de Mercia și Northumbria"
« Pouah ! » dit l'oiseau lori, avec un frisson
"Ugh!" a spus pasărea lori, cu un fior
« et même Stigand, l'archevêque patriote de Cantorbéry »
"și chiar Stigand, arhiepiscopul patriot de Canterbury"
« Il l'a également trouvé opportun »
"De asemenea, i s-a părut recomandabil"

« Qu'a-t-il trouvé à propos ? » dit le canard

"Ce i s-a părut de cuviință?" a spus rața

— Il l'a trouvé opportun, répondit la souris d'un ton un peu contrarié

"I s-a părut recomandabil", a răspuns șoarecele destul de supărat

Mais le canard n'était pas satisfait

dar rața nu era mulțumită

« Bien sûr, vous savez ce que 'it' signifie »

"Desigur, știi ce înseamnă "asta"

« Je sais ce que c'est quand je trouve quelque chose », dit le canard

"Știu ce înseamnă când găsesc ceva", a spus rața

« C'est généralement une grenouille ou un ver »

"În general, este o broască sau un vierme"

« La question est de savoir ce que l'archevêque a trouvé ?

"Întrebarea este, ce a găsit arhiepiscopul?"

La souris n'a pas remarqué cette question

Mouse-ul nu a observat această întrebare

Au lieu de cela, la souris continua précipitamment son discours

În schimb, șoarecele a continuat în grabă cu discursul

« il a jugé opportun d'aller avec Edgar Atheling »

"i s-a părut recomandabil să meargă cu Edgar Atheling"

« pour rencontrer Guillaume et lui offrir la couronne »

"pentru a-l întâlni pe William și a-i oferi coroana"

la souris continua, se tournant vers Alice pendant qu'elle parlait

șoarecele a continuat, întorcându-se spre Alice în timp ce vorbea

« Comment allez-vous maintenant, ma chère ? »

"Cum te descurci acum, draga mea?"

— Aussi mouillée que jamais, dit Alice d'un ton mélancolique

— La fel de ud ca întotdeauna, spuse Alice pe un ton melancolic

« Cette histoire n'a pas l'air de me tarir du tout »

"Această poveste nu pare să mă usuce deloc"
— **Dans ce cas, dit solennellement le dodo en se levant**
"În acest caz", a spus dodo solemn, ridicându-se în picioare
« **Je vote pour l'ajournement de la séance** »
"Votez ca ședința să fie amânată"
« **et je propose l'adoption immédiate de remèdes plus
énergiques** »
"și propun adoptarea imediată a remediilor mai energice"
« **Dis des paroles vraies !** » **dit l'aiglon**
"Spune cuvinte adevărate!" a spus vulturul
« **Je ne connais pas le sens de la moitié de ces longs mots** »
"Nu știu semnificația a jumătate din acele cuvinte lungi"
et, qui plus est, je ne crois pas que vous le sachiez non plus !
și, mai mult, nu cred că știi nici tu!
— **Ce que j'allais dire, dit le dodo d'un ton offensé**
"Ce aveam de gând să spun", a spus dodo-ul pe un ton ofensat
« **La meilleure chose à faire pour nous sécher serait une
course au caucus** »
"Cel mai bun lucru pentru a ne usca ar fi o cursă de caucus"
« **Qu'est-ce qu'une course de caucus ?** » **demanda Alice**
— Ce este o cursă de caucus? întrebă Alice

« Eh bien, » dit le dodo, « la meilleure façon de l'expliquer,
c'est de le faire »
"Ei bine", a spus dodo-ul, "cel mai bun mod de a explica este să
o faci"
« D'abord, le dodo a tracé un parcours »
"Mai întâi dodo a marcat un hipodrom"
« La piste était dans une sorte de cercle »
"Pista era într-un fel de cerc"
« Et puis tout le groupe a été placé le long du parcours »
"Și apoi tot grupul a fost așezat de-a lungul traseului"
Il n'y avait pas de « Un, deux, trois et c'est parti ! »
Nu a fost "Unu, doi, trei și departe!"
Mais ils ont commencé à courir quand ils voulaient
dar au început să alerge când au vrut
et ils finissaient aussi quand ils le voulaient
și au terminat și când au vrut
Il n'était donc pas facile de savoir quand la course était
terminée
așa că nu a fost ușor să știi când s-a terminat cursa
Après environ une demi-heure de course, ils étaient tous
assez secs
După aproximativ o jumătate de oră de alergare, toate erau
destul de uscate
le dodo s'écria soudain : « La course est finie ! »
dodo a strigat brusc: "Cursa s-a terminat!"
Et ils se pressèrent tous autour du Dodo
și toți s-au înghesuit în jurul dodo-ului
Tous les animaux haletaient et soufflaient
toate animalele gâfâiau și pufăiau
et tous voulaient savoir : « Mais qui a gagné ? »
și toți au vrut să știe: "Dar cine a câștigat?"
Le dodo ne pouvait pas répondre immédiatement à cette
question
La această întrebare dodo-ul nu a putut răspunde imediat
D'abord, il a dû beaucoup réfléchir
Mai întâi a trebuit să se gândească mult
Après mûre réflexion, le dodo finit par parler

După ce s-a gândit mult, Dodo a vorbit în sfârșit

« Tout le monde a gagné, et tous doivent avoir des prix »

"Toată lumea a câștigat și toți trebuie să aibă premii"

« Mais qui doit donner les prix ? » demanda un chœur de voix

"Dar cine va da premiile?" a întrebat un cor de voci

— Eh bien, elle, bien sûr, dit le dodo

"Ei bine, ea, desigur", a spus dodo

et le dodo pointa d'un doigt vers Alice

iar dodo a arătat cu un deget către Alice

et toute la troupe des animaux se pressait autour d'elle

și întregul grup de animale s-a înghesuit în jurul ei

ils ont crié, d'une manière confuse : « Des prix ! Des prix !

ei au strigat, într-un mod confuz: "Premii! Premii!"

Alice n'avait aucune idée de ce qu'elle devait faire

Alice habar n-avea ce să facă

Désespérée, elle mit la main dans sa poche

disperată, și-a băgat mâna în buzunar

Et elle en sortit une boîte de bonbons

și a scos o cutie de dulciuri

Heureusement, l'eau salée n'était pas entrée dans la boîte

Din fericire, apa sărată nu a intrat în cutie

et elle a distribué les bonbons comme prix

și a dat dulciurile ca premii

Il y avait exactement une pièce pour tout le monde

Era exact o piesă pentru toată lumea

La prochaine chose qu'ils devaient faire était de manger les bonbons

Următorul lucru pe care trebuiau să-l facă era să mănânce dulciurile

Cela a causé du bruit et de la confusion

Acest lucru a provocat zgomot și confuzie

Les grands oiseaux se plaignaient de ne pas pouvoir goûter leurs bonbons

Păsările mari se plângeau că nu le pot gusta dulciurile

Les petits s'étouffaient et devaient être tapotés dans le dos

Cei mici s-au sufocat și au trebuit să fie bătuți pe spate

Cependant, c'était enfin fini

Cu toate acestea, s-a terminat în sfârșit

Et ils se rassirent en cercle

și s-au așezat din nou într-un inel

et ils supplièrent la souris de leur dire quelque chose de plus

și l-au implorat pe șoarece să le mai spună ceva

— Vous m'avez promis de me raconter votre histoire, vous savez, dit Alice

— Mi-ai promis să-mi spui istoria ta, știi, spuse Alice

et elle fit une autre petite remarque sur les chats à voix basse

și a mai făcut o mică remarcă despre pisici în șoaptă

Elle ne voulait pas offenser à nouveau la souris

Nu voia să-l jignească din nou pe șoarece

la petite souris se tourna vers Alice et soupira

șoarecele s-a întors spre Alice și a oftat

« Ma conte est long et triste ! »

"A mea este o poveste lungă și tristă!"

— C'est une longue queue, certainement, dit Alice

— E o coadă lungă, cu siguranță, spuse Alice

et elle baissa les yeux avec étonnement sur la queue de la souris

și s-a uitat cu uimire la coada șoarecelui

« Mais pourquoi appelez-vous cela une queue triste ? »

"Dar de ce o numești o coadă tristă?"

Et elle n'arrêtait pas de s'interroger à ce sujet pendant que la souris parlait

Și a continuat să se întrebe despre asta în timp ce șoarecele vorbea

de sorte que son idée de l'histoire était quelque chose comme ceci

așa că ideea ei despre poveste era cam așa

                "Fury said to
              a mouse, That
              he met in the
                house, 'Let
                  us both go
                    to law: *I*
                    will prosecute
                    you.——
                      Come, I'll
                      take no denial:
                    We must have
                    the trial;
                  For really
                this morning
        I've
        nothing
        to do.'
                    Said the
                    mouse to
                      the cur,
                        'Such a
                        trial, dear
                          sir, With
                            no jury
                            or judge,
                            would
                            be wasting
                          our
                        breath.'
                    'I'll be
                  judge,
                I'll be
              jury,'
        said
        cunning
          old
            Fury;
              I'll
                try
                  the
                    whole
                      cause,
                      and
                      condemn
                      you to
        death.'"

Fury dit à une souris : Qu'il s'est rencontré dans la maison.
Furia i-a spus unui şoarece că s-a întâlnit în casă"
Allons tous les deux en justice, je vous poursuivrai
Să mergem amândoi în justiţie: te voi judeca
**Allons, je n'accepterai aucun démenti : il faut que nous
fassions l'épreuve**
Hai, nu voi nega: trebuie să avem procesul
Car vraiment ce matin je n'ai rien à faire
Căci într-adevăr în această dimineaţă nu am nimic de făcut
Dit la souris au maudit ;

A spus şoarecele curului;
**Un tel procès, cher monsieur, sans jury ni juge, nous ferait
perdre notre souffle**
Un astfel de proces, dragă domn, fără juriu sau judecător, ne-
ar pierde răsuflarea
« Je serai juge, je serai jury », dit le vieux rusé Fury
— Voi fi judecător, voi fi jurat, spuse bătrânul viclean Fury
Je vais juger toute la cause, et je vous condamnerai à mort
Voi judeca întreaga cauză şi te voi condamna la moarte
la souris parla sévèrement à Alice
şoarecele i-a vorbit sever lui Alice
« Tu ne fais pas attention ! »
"Nu eşti atent!"
« À quoi pensez-vous ? »
"La ce te gândeşti?"
— Je vous demande pardon, dit Alice très humblement
— Vă cer iertare, spuse Alice foarte umilă
« Tu étais arrivé au cinquième virage, je crois ? »
— Ai ajuns la a cincea curbă, cred?
« Vous m'insultez en disant de telles bêtises ! »
"Mă insulti spunând astfel de prostii!"
Et la souris se leva et s'éloigna
şi şoarecele s-a ridicat şi a plecat
Alice appela la petite souris
Alice a strigat după şoarecele mic
« S'il vous plaît, revenez et terminez votre histoire ! »
"Vă rog să vă întoarceţi şi să vă terminaţi povestea!"
Et les autres se joignirent tous en chœur
Şi ceilalţi s-au alăturat în cor
« Oui, s'il vous plaît, terminez votre histoire ! »
"Da, te rog să-ţi termini povestea!"
Mais la souris se contenta de secouer la tête avec impatience
Dar şoarecele doar a clătinat din cap cu nerăbdare
et la petite souris marchait un peu plus vite
şi şoarecele a mers puţin mai repede
« Je voudrais bien avoir Dinah, notre chat, ici ! » dit Alice
— Aş vrea să o am pe Dinah, pisica noastră, aici! spuse Alice

Cela provoqua une sensation remarquable parmi le parti
Acest lucru a provocat o senzație remarcabilă în rândul
partidului
Quelques-uns des oiseaux se hâtèrent de s'éloigner
Unele dintre păsări s-au grăbit să plece imediat
et un canari appela d'une voix tremblante ses enfants ;
și un canar a strigat cu voce tremurândă către copiii săi;
« Allez-vous-en, mes chères ! »
"Pleacă, dragii mei!"
« Il est grand temps que vous soyez tous au lit ! »
"E timpul să fiți cu toții în pat!"
Avec diverses excuses, ils sont tous partis
Cu diverse scuze au plecat cu toții
et Alice se retrouva bientôt seule
și Alice a rămas curând singură
« J'aurais aimé ne pas avoir mentionné Dinah ! »
"Mi-aș fi dorit să nu fi menționat-o pe Dinah!"
« Personne n'a l'air de l'aimer ici »
"Nimănui nu pare să-i placă aici jos"
« Mais je suis sûr que c'est la meilleure chatte du monde ! »
dar sunt sigură că e cea mai bună pisică din lume!
La pauvre Alice se remit à pleurer
Biata Alice a început să plângă din nou
parce qu'elle se sentait très seule et déprimée
pentru că se simțea foarte singură și deprimată
Au bout de peu de temps, cependant, elle entendit de
nouveau quelque chose
După puțin timp, însă, a auzit din nou ceva
un petit bruit de pas au loin
un mic zgomot de pași în depărtare
et elle leva les yeux avec impatience
și ea și-a ridicat privirea cu nerăbdare

Le lapin envoie le petit M. Bill
Iepurele îl trimite pe micul domn Bill

C'était le lapin blanc, qui revenait lentement au trot
Era iepurele alb, trăgând încet înapoi
Il regardait anxieusement autour de lui en chemin
se uita în jur cu nerăbdare în timp ce mergea
Il avait l'air d'avoir perdu quelque chose
Părea că ar fi pierdut ceva
Alice l'entendit marmonner pour lui-même
Alice l-a auzit mormăind în sinea sa
— La duchesse ! La Duchesse ! Oh, mes chères pattes !
"Ducesa! Ducesa! Oh, dragile mele labele!"
« Oh, ma fourrure et mes moustaches ! »
"Oh, blana și mustățile mele!"
« Elle va me faire exécuter, j'en suis sûr »
"Mă va executa, sunt sigur de asta"
« Aussi sûr que les furets sont des furets ! »
"La fel de sigur ca dihorii sunt dihorii!"
« Où ai-je pu laisser tomber mes affaires, je me demande ? »
"Unde aș fi putut să-mi arunc lucrurile, mă întreb?"

Alice devina en un instant ce qu'il cherchait
Alice a ghicit într-o clipă ce căuta
Il cherchait l'éventail de plumes
Căuta evantaiul cu pene
et il cherchait la paire de gants blancs
și căuta perechea de mănuși albe
Elle se mit donc très gentiment à chercher les gants
așa că a început să caute mănușile
Et elle chercha aussi l'éventail de plumes
și a căutat și evantaiul cu pene
Mais les gants et l'éventail de plumes étaient introuvables
dar mănușile și evantaiul de pene nu se vedeau nicăieri
Tout semblait avoir changé depuis sa baignade dans la piscine
Totul părea să se fi schimbat de când a înotat în piscină
Rien n'était pareil depuis qu'elle était dans la grande salle
Nimic nu mai era la fel de când fusese în sala mare
et la table de verre avait disparu
și masa de sticlă dispăruse
Et la petite porte n'était pas là non plus
și nici ușa mică nu era acolo
Très vite, le lapin remarqua Alice
Foarte curând iepurele a observat-o pe Alice
Il l'appela d'un ton furieux
El a strigat-o pe un ton furios
« Mary Ann, que fais-tu ici ? »
"Mary Ann, ce faci aici?"
« Rentre chez toi à l'instant même »
"Fugi acasă în acest moment"
« Et apporte-moi une paire de gants et un éventail de plumes ! »
"Și aduceți-mi o pereche de mănuși și un evantai de pene!"
« Et faites vite ! »
"Și grăbește-te!"
Alice se parlait à elle-même en s'enfuyant
Alice a vorbit cu ea însăși în timp ce fugea
— Il a dû me prendre pour sa femme de chambre !

"Probabil că m-a confundat cu menajera lui!"
« Comme il sera surpris quand il découvrira qui je suis ! »
"Cât de surprins va fi când va afla cine sunt!"
En disant cela, elle tomba sur une petite maison soignée
În timp ce spunea acestea, a dat peste o căsuță îngrijită
Sur la porte de la maison se trouvait une plaque de laiton brillant
pe ușa casei era o placă de alamă strălucitoare
« W. LAPIN »
"W. IEPURE"
Elle entra sans frapper à la porte
A intrat fără să bată la ușă
et elle se hâta de monter l'escalier
și s-a grăbit să urce la etaj
elle craignait de rencontrer la vraie Mary Ann
se temea că ar putea să o întâlnească pe adevărata Mary Ann
parce qu'alors elle serait chassée de la maison
pentru că atunci ar fi fost dată afară din casă
et elle ne pourrait pas trouver l'éventail de plumes et les gants
și nu ar fi putut găsi evantaiul și mănușile
Alice s'était frayé un chemin dans une petite pièce bien rangée
Alice își găsise drumul într-o cameră mică și ordonată
Dans la pièce, il y avait une table près de la fenêtre
În cameră era o masă lângă fereastră
et sur la table, il y avait un éventail de plumes
și pe masă era un evantai de pene
et il y avait deux ou trois paires de petits gants blancs
și erau două sau trei perechi de mănuși albe mici
Elle ramassa l'éventail en plumes et une paire de gants
A luat evantaiul cu pene și o pereche de mănuși
et elle allait quitter la pièce
și tocmai era pe cale să părăsească camera
mais alors ses yeux tombèrent sur une petite bouteille
dar apoi ochii i-au căzut pe o sticlă mică
Elle déboucha la bouteille et la porta à ses lèvres

A desfăcut sticla și și-a dus-o la buze
« J'espère que cela me fera redevenir grand »
"Sper că mă va face să cresc din nou"
« J'en ai marre d'être une toute petite chose ! »
"M-am săturat să fiu un lucru atât de mic!"
Alice avait à peine bu la moitié de la bouteille
Alice abia băuse jumătate din sticlă
Sa tête était déjà appuyée contre le plafond
capul îi apăsa deja de tavan
et elle dut se baisser
și a trebuit să se aplece
pour sauver son cou d'être brisé
pentru a-i salva gâtul de la rupere
Elle posa précipitamment la bouteille
Ea a lăsat în grabă sticla jos
« C'est bien assez »
"E destul"
« J'espère que je ne grandirai plus »
"Sper să nu mai cresc"
Hélas! Il était trop tard pour souhaiter cela !
Din păcate! Era prea târziu pentru a-și dori asta!
Elle n'a cessé de grandir
A continuat să crească și să crească
et très vite elle dut s'agenouiller sur le sol
și foarte curând a trebuit să îngenuncheze pe podea
Et même alors, elle a continué à grandir
și chiar și atunci a continuat să crească
Comme dernière ressource, elle passa un bras par la fenêtre
ca ultimă resursă, a scos un braț pe fereastră
et elle mit un pied dans la cheminée
și a pus un picior pe horn
« Maintenant, je ne peux plus faire, quoi qu'il arrive »
"Acum nu mai pot face nimic, orice s-ar întâmpla"
« Que vais-je devenir ? »
"Ce se va întâmpla cu mine?"

Alice a eu un peu de chance
Alice a avut un pic de noroc
La petite bouteille magique avait fait son plein effet
Mica sticlă magică își făcuse efectul deplin
et Alice ne grandit pas plus qu'elle n'était
iar Alice nu a crescut mai mare decât era
Au bout de quelques minutes, elle entendit une voix à l'extérieur
După câteva minute, a auzit o voce afară
et elle s'arrêta pour écouter la voix
și s-a oprit să asculte vocea
« Mary Ann ! Mary Ann ! dit la voix
"Mary Ann! Mary Ann!" a spus vocea
« Apporte-moi mes gants tout de suite ! »
"Aduceți-mi mănușile acum!"
Puis vint un petit claquement de pieds dans l'escalier
Apoi a venit un mic zgomot de picioare pe scări
Alice savait que c'était le lapin qui venait la chercher
Alice știa că iepurele venea să o caute

et elle trembla jusqu'à faire trembler la maison

și a tremurat până a zguduit casa

elle oublia tout à fait quelles étaient ses proportions

a uitat cu totul care erau proporțiile ei

Elle était mille fois plus grosse que le lapin

Era de o mie de ori mai mare decât iepurele

et elle n'avait aucune raison d'avoir peur d'un lapin

și nu avea niciun motiv să-i fie frică de un iepure

Bientôt le lapin s'approcha de la porte

În curând, iepurele se apropie de ușă

et le petit lapin essaya d'ouvrir la porte

și iepurașul a încercat să deschidă ușa

La porte a commencé à s'ouvrir vers l'intérieur

ușa a început să se deschidă spre interior

mais le coude d'Alice était fortement appuyé contre la porte

dar cotul lui Alice era lipit puternic de ușă

Cette tentative s'est avérée un échec

Această încercare s-a dovedit a fi un eșec

Alice entendit le lapin se parler à lui-même

Alice a auzit iepurele vorbind singur

« Ensuite, je vais faire le tour et entrer par la fenêtre »

"Atunci mă voi întoarce și voi intra pe fereastră"

« Que tu ne le feras pas ! » pensa Alice

"Că nu o vei face!" se gândi Alice

Et elle attendit encore un peu

și a așteptat din nou puțin

Bientôt, elle entendit le lapin juste sous la fenêtre

Curând a auzit iepurele chiar sub fereastră

Elle étendit soudain la main

Și-a întins brusc mâna

et elle fit une prise en l'air

și a făcut o smulgere în aer

Elle n'a rien attrapé

Nu a pus mâna pe nimic

mais elle entendit un petit cri et une chute

dar a auzit un mic țipăt și o cădere

et elle entendit un fracas de verre brisé

și a auzit o prăbușire de sticlă spartă
Peut-être le lapin était-il tombé
poate că iepurele căzuse
Peut-être était-il dans une serre
poate că era într-o seră
Puis vint une voix en colère ; La voix du lapin
Apoi a venit o voce furioasă; Vocea iepurelui
« Pat, où es-tu ? »
"Pat, unde ești?"
Et puis vint une voix qu'elle n'avait jamais entendue auparavant
Și apoi a venit o voce pe care nu o mai auzise până atunci
« Votre honneur, je suis là ! »
"Onoarea voastră, sunt aici!"
« Je creuse pour trouver des pommes »
"Caut mere"
« Ici ! Venez m'aider à m'en sortir ! »
"Aici! Vino și ajută-mă să ies din asta!"
« Maintenant, dis-moi, Pat, qu'est-ce qu'il y a dans la fenêtre ? »
"Acum spune-mi, Pat, ce e asta în fereastră?"
« Bien sûr, Votre Honneur, je vais vous le dire »
"Sigur, onoarea voastră, vă voi spune"
« C'est un bras qui est dans la fenêtre ! »
"Este un braț care este în fereastră!"
« Eh bien, un bras n'a rien à faire là-bas »
"Ei bine, un braț nu are ce căuta acolo"
« Va et enlève le bras ! »
"Du-te și ia brațul!"
Il y eut un long silence après cela
După aceea s-a făcut o lungă tăcere
et Alice n'entendait que des chuchotements de temps en temps
iar Alice nu auzea decât șoapte din când în când
et enfin elle étendit de nouveau la main
și în cele din urmă și-a întins din nou mâna
et elle fit une autre arrachée dans les airs

și a făcut o altă smulgere în aer
Cette fois, il y eut deux petits cris
De data aceasta s-au auzit două țipete mici
et il y avait d'autres bruits de verre brisé
și au fost mai multe sunete de sticlă spartă
« Je me demande ce qu'ils vont faire ensuite ! » pensa Alice
"Mă întreb ce vor face în continuare!" se gândi Alice
« J'aimerais qu'ils me tirent par la fenêtre »
"Mi-aș dori să mă scoată pe fereastră"
Elle attendit un certain temps
A așteptat ceva timp
Mais pendant un moment, elle n'entendit plus rien
dar pentru o vreme nu a mai auzit nimic
Enfin, il y eut un grondement de petites roues
În cele din urmă s-a auzit un vuiet de roți mici
et il y eut le son d'un bon nombre de voix
și s-a auzit sunetul multor voci
Toutes les voix parlaient ensemble
toate vocile vorbeau împreună
Elle pouvait distinguer certaines des paroles
A putut distinge unele dintre cuvinte
« Où est l'autre échelle ? »
"Unde este cealaltă scară?"
« Bill a l'autre échelle »
"Bill are cealaltă scară"
« Bill, viens ici ! »
"Bill, vino aici!"
« Le toit va-t-il supporter le fardeau ? »
"Va suporta acoperișul povara?"
« Qui veut descendre par la cheminée ? »
"Cine vrea să coboare pe horn?"
— Non, je ne le ferai pas ! Vous le faites !
— Nu, nu o voi face! O faci!"
« Tiens, Bill ! »
— Uite, Bill!
« Le maître dit qu'il faut descendre par la cheminée ! »
"Stăpânul spune că trebuie să cobori pe horn!"

Alice descendit son pied aussi loin qu'elle le put dans la cheminée
Alice și-a tras piciorul cât de mult a putut pe horn
Et puis elle attendit de voir ce qui allait arriver
și apoi a așteptat să vadă ce urmează
Elle entendit un petit animal gratter et se débattre
A auzit un animal mic zgâriindu-se și zgâriindu-se
Le petit animal doit être dans la cheminée
micul animal trebuie să fie în coș
Puis elle donna un coup de pied sec
apoi a dat o lovitură puternică
et elle attendit de voir ce qui allait se passer ensuite
și a așteptat să vadă ce se va întâmpla în continuare
Elle entendit un chœur général de voix
a auzit un cor general de voci
« Voilà Bill ! » dirent-ils tous
"Iată-l pe Bill!" au spus cu toții
Puis elle entendit la voix du lapin seule
apoi a auzit vocea iepurelui singură
« Toi par la haie, attrape-le ! »
— Tu de gard viu, prinde-l!
Il y eut un autre moment de silence
A mai fost un moment de reculegere
Et puis il y eut une autre confusion de voix
și apoi a fost o altă confuzie de voci
« Lève la tête, Brandy »
"Ridică-i capul, Brandy"
« Attention à ne pas l'étouffer »
"ai grijă să nu-l sufoci"
« Qu'est-ce qui t'est arrivé ? »
"Ce s-a întâmplat cu tine?"
Enfin, une petite voix faible et grinçante est apparue
Ultima a venit o voce slabă și scârțâitoare
« Eh bien, je n'en sais presque pas plus »
"Ei bine, abia știu mai multe"
« merci à tous, je vais mieux maintenant »
"Mulțumesc tuturor, sunt mai bine acum"

« il y a une chose dont je peux me souvenir »
"Îmi amintesc un lucru"
« Quelque chose vient à moi comme un train dans un
tunnel »
"Ceva vine spre mine ca un tren într-un tunel"
« Et je vole comme une fusée ! »
"și zbor în sus ca o rachetă!"
Il y eut une minute ou deux de silence
A fost un minut sau două de tăcere
puis ils ont recommencé à se déplacer
și apoi au început să se miște din nou
et Alice entendit de nouveau le Lapin parler
și Alice l-a auzit pe iepure vorbind din nou
« Une brouette fera l'affaire, pour commencer »
"Un tumul va fi de ajuns, pentru început"
« Une brouette pleine de quoi ? » pensa Alice
"Un tumul de ce?" se gândi Alice
Mais elle ne fut pas tenue en suspens longtemps
Dar nu a fost ținută în suspans mult timp
Une pluie de petits cailloux est passée par la fenêtre
O ploaie de pietricele a intrat pe fereastră
et quelques petits cailloux l'ont frappée au visage
și unele pietricele au lovit-o în față
Alice fut surprise par les petits cailloux
Alice a fost surprinsă de pietricelele mici
Tous les petits cailloux se transformaient en gâteaux
toate pietricelele mici se transformau în prăjituri
et une idée lumineuse lui vint à l'esprit
și o idee strălucită i-a venit în cap
« Je devrais manger un de ces gâteaux »
"Ar trebui să mănânc una din prăjiturile astea"
« Le gâteau ne manquera pas de faire changer ma taille »
"Tortul va face cu siguranţă o schimbare în dimensiunea mea"
Alors elle a avalé l'un des gâteaux
Așa că a înghițit una dintre prăjituri
et elle fut ravie de constater qu'elle commençait à rétrécir
și a fost încântată să afle că a început să se micșoreze

Bientôt, elle fut assez petite pour franchir la porte
curând a fost suficient de mică pentru a intra pe uşă
Elle s'est enfuie de la maison
a fugit din casă
Une foule de petits animaux et d'oiseaux attendaient dehors
o mulţime de animale mici şi păsări aşteptau afară
tous les petits oiseaux et les petits animaux se précipitèrent sur Alice
toate păsările şi animalele s-au repezit asupra lui Alice
Mais elle s'enfuit aussi vite qu'elle le put
dar a fugit cât de repede a putut
et bientôt elle se trouva en sécurité dans un bois épais
şi curând s-a trezit în siguranţă într-o pădure deasă
Alice errait dans les bois
Alice rătăcea prin pădure
Et elle pensa en elle-même :
şi se gândi:
« Je sais ce que je dois faire en premier »
"Ştiu ce trebuie să fac mai întâi"
« Je dois d'abord grandir à ma bonne taille »
"mai întâi trebuie să cresc din nou la dimensiunea potrivită"
« et puis je dois trouver mon chemin dans ce joli jardin »
"şi apoi trebuie să-mi găsesc drumul în acea grădină minunată"
« Je suppose que je devrais manger ou boire quelque chose ou autre »
"Presupun că ar trebui să mănânc sau să beau ceva sau altceva"
« Mais la question est de savoir ce que je dois manger ou boire ? »
"dar întrebarea este ce ar trebui să mănânc sau să beau?"
Alice regarda tout autour d'elle les fleurs
Alice s-a uitat în jur la flori
et elle regarda à travers les brins d'herbe
şi s-a uitat printre firele de iarbă
mais elle ne voyait rien à manger ni à boire
dar nu putea vedea nimic de mâncare sau de băut

Rien ne semblait être la bonne chose à manger ou à boire
Nimic nu părea a fi corect de mâncat sau de băut
Il y avait un gros champignon qui poussait près d'elle
Era o ciupercă mare care creștea lângă ea
le champignon était à peu près de la même taille qu'Alice
ciuperca avea aproximativ aceeași înălțime ca Alice
Elle s'étira sur la pointe des pieds
S-a întins pe vârfuri
Et elle jeta un coup d'œil par-dessus le bord du champignon
și s-a uitat peste marginea ciupercii
**Ses yeux rencontrèrent immédiatement les yeux d'une
grande chenille bleue**
Ochii ei s-au întâlnit imediat cu ochii unei omizi albastre mari
La chenille était assise sur le sommet du champignon
omida stătea deasupra ciupercii
et la chenille avait croisé tous ses bras
iar omida îi încrucișase toate brațele
et il fumait tranquillement un long narguilé
și fuma în liniște o narghilea lungă
et il ne faisait pas la moindre attention à rien
și nu a băgat în seamă nimic
et il n'a certainement pas fait attention à Alice
și cu siguranță nu i-a acordat atenție lui Alice

Les conseils d'une chenille

Sfaturi de la o omidă

Finalement, la chenille a retiré le narguilé de sa bouche

În cele din urmă, omida a scos narghilea din gură

et il s'adressa à Alice d'une voix languissante et endormie

și i s-a adresat lui Alice cu o voce lânguitoare și somnoroasă

« Qui es-tu ? » demanda la chenille

"Cine ești?" a spus omida

Alice a répondu, plutôt timidement : « Je sais à peine, monsieur. »

Alice a răspuns, destul de timidă: "Abia știu, domnule"

« Juste pour le moment, c'est un peu... »

"Tocmai în acest moment totul este un pic..."

« Je sais qui j'étais quand je me suis levé ce matin" »

"Știu cine eram când m-am trezit azi dimineață"

« mais je pense que j'ai dû changer plusieurs fois depuis »

dar cred că m-am schimbat de mai multe ori de atunci.

« Qu'est-ce que tu veux dire par là ? » dit la chenille

"Ce vrei să spui prin asta?" a spus omida

sévèrement, la chenille lui demanda de s'expliquer

Omida i-a cerut să se explice

— Je ne peux pas m'expliquer, j'en ai peur, monsieur, dit Alice

— Nu pot să mă explic, mă tem, domnule, spuse Alice

« parce que je ne suis pas moi-même »

"pentru că nu sunt eu însumi"

« Vous voyez, être de tant de tailles différentes en une journée, c'est très déroutant »

"Vezi, a fi atât de multe dimensiuni diferite într-o zi este foarte confuz"

Elle se redressa et dit très gravement :

Ea s-a ridicat și a spus foarte grav:

« Je pense que tu devrais me dire qui tu es, en premier »

"Cred că ar trebui să-mi spui cine ești, mai întâi"

« Pourquoi ? » demanda la chenille

"De ce?" a spus omida

Alice ne voyait aucune bonne raison

Alice nu se putea gândi la niciun motiv întemeiat

et la chenille semblait être dans un état d'esprit très désagréable

iar omida părea să fie într-o stare de spirit foarte neplăcută

alors elle s'en retourna

așa că s-a întors

« Reviens ! » la chenille l'appela

"Întoarce-te!" a strigat omida după ea

« J'ai quelque chose d'important à dire ! »

"Am ceva important de spus!"

Alice se retourna et revint

Alice s-a întors și s-a întors din nou

« Garde ton sang-froid », dit la chenille

"Păstrează-ți cumpătul", a spus omida

— C'est tout ? dit Alice

— Asta e tot? spuse Alice

Et elle ravala sa colère de son mieux

și și-a înghițit furia cât de bine a putut

« Non, » dit la chenille

"Nu", a spus omida

La chenille déplia ses bras
omida și-a desfăcut brațele
Et il retira le narguilé de sa bouche
și și-a scos din nou narghilea din gură
et il a dit : « Vous pensez donc que vous avez changé, n'est-ce pas ? »
și el a spus: "Deci crezi că te-ai schimbat, nu-i așa?"
— J'ai peur, je suis changée, monsieur, dit Alice
— Mi-e teamă, m-am schimbat, domnule, spuse Alice
« Je ne me souviens plus des choses comme je m'en souvenais »
"Nu-mi amintesc lucrurile așa cum îmi amintesc înainte"
« et je ne reste pas plus de dix minutes de la même taille ! »
"Și nu stau la aceeași dimensiune mai mult de zece minute!"
« Quelle taille veux-tu faire ? » demanda la chenille
"Ce mărime vrei să ai?" a întrebat omida
— Oh, ma taille ne me dérange pas particulièrement, répondit vivement Alice
"Oh, nu mă deranjează în mod deosebit ce mărime am", a răspuns Alice în grabă
« Je n'aime pas changer de taille si souvent, vous savez »
"Pur și simplu nu-mi place să schimb dimensiunea atât de des, știi"
« J'aimerais être un peu plus grand, monsieur »
"Aș vrea să fiu puțin mai mare, domnule"
— Si cela ne vous dérange pas, ajouta Alice
— Dacă nu te-ar deranja, adăugă Alice
« Dix centimètres, c'est une taille si misérable »
"Zece centimetri este o înălțime atât de mizerabilă"
« C'est une très bonne hauteur en effet ! » dit la chenille avec colère
"Este într-adevăr o înălțime foarte bună!" a spus omida furioasă
et il se redressa tout en parlant
și s-a ridicat drept în timp ce vorbea
Il mesurait exactement dix centimètres de haut
avea exact zece centimetri înălțime

Au bout d'une minute ou deux, la chenille s'est détachée du champignon
Într-un minut sau două, omida a coborât de pe ciupercă
et il s'enfonça en rampant dans l'herbe
și s-a târât în iarbă
En s'éloignant, il fit quelques petites remarques
Când a plecat, a făcut câteva mici remarci
« Un côté vous fera grandir »
"O parte te va face să crești mai înalt"
« Et l'autre côté te fera rapetisser »
"Și cealaltă parte te va face să devii mai scurt"
« Un côté de quoi ? » pensa Alice en elle-même
"O parte a ce?" se gândi Alice în sinea ei
« L'autre côté de quoi ? »
"Cealaltă parte a a ce?"
« Le côté du champignon », dit la chenille
"partea laterală a ciupercii", a spus omida
C'était comme si elle avait posé sa question à haute voix
Era ca și cum și-ar fi pus întrebarea cu voce tare
et un instant plus tard, il fut hors de vue
și într-o altă clipă, a dispărut din vedere
Alice resta pensivement à regarder le champignon
Alice a rămas uitându-se gânditoare la ciupercă
Elle essayait de distinguer quels étaient les deux côtés du champignon
încerca să deslușească care erau cele două părți ale ciupercii
Enfin, elle étendit ses bras autour du champignon
În cele din urmă și-a întins brațele în jurul ciupercii
Et elle cassa un peu les bords
și a rupt o bucată din margini
« Et maintenant, de quel côté est-ce ? » se dit-elle
"Și acum, de ce parte este care?" și-a spus ea
et elle grignota un peu du mors de la main droite
și a ciugulit puțin din partea dreaptă
L'instant d'après, elle sentit un violent coup sous son menton
În clipa următoare a simțit o lovitură violentă sub bărbie

Son menton avait heurté son pied !
bărbia îi lovise piciorul!
Elle fut bien effrayée par ce changement très soudain
A fost destul de speriată de această schimbare foarte bruscă
Elle rétrécissait très rapidement
se micșora foarte repede
Alors elle a rapidement mangé un peu de l'autre morceau de champignon
așa că a mâncat repede o parte din cealaltă ciupercă
Son menton était très serré contre son pied
Bărbia îi era apăsată foarte strâns pe picior
Il y avait à peine de la place pour ouvrir la bouche
abia mai era loc să-și deschidă gura
mais elle parvint enfin à ouvrir la bouche
dar în cele din urmă a reușit să deschidă gura
et elle avala un morceau du mors de la main gauche
și a înghițit o bucată din bucățica de mână stângă
« Ma tête a enfin été libérée ! » dit Alice
"Capul meu a fost în sfârșit eliberat!" a spus Alice
Elle baissa les yeux sur elle-même
Ea s-a uitat în jos la ea
mais tout ce qu'elle pouvait voir, c'était une immense longueur de cou
dar tot ce putea vedea era o lungime imensă a gâtului
Son cou semblait se dresser comme une tige
gâtul ei părea să se ridice ca o tulpină
et elle baissa les yeux sur une mer de feuilles vertes
și s-a uitat în jos peste o mare de frunze verzi
« Où sont passées mes épaules ? »
"Unde au ajuns umerii mei?"
« Et oh, mes pauvres mains, comment se fait-il que je ne puisse pas vous voir ? »
"Și oh, sărmanele mele mâini, cum se face că nu te pot vedea?"
Mais son cou avait un avantage
Dar gâtul ei a avut un beneficiu
Elle pouvait bouger la tête dans n'importe quelle direction
își putea mișca capul în orice direcție

En fait, elle était comme un serpent
de fapt, era ca un șarpe
Elle zigzague gracieusement, la tête baissée
Și-a zigzagat grațios capul în jos
et elle remua la tête à travers les arbres
și și-a mișcat capul printre copaci
Mais elle entendit alors un sifflement aigu
dar apoi a auzit un șuierat ascuțit
Et elle tira rapidement la tête en arrière
și și-a tras repede capul înapoi
Un gros pigeon lui avait volé au visage
un porumbel mare îi zburase în față
et le pigeon était violemment avec ses ailes
iar porumbelul era violent cu aripile

« Serpent ! » cria le pigeon
"Șarpe!" a strigat porumbelul
« Je ne suis pas un serpent ! » dit Alice avec indignation
— Nu sunt un șarpe! spuse Alice îndignată
« Laisse-moi tranquille ! »
"Lasă-mă în pace!"

« J'ai essayé les racines des arbres »
"Am încercat rădăcinile copacilor"
— Et j'ai essayé des haies, continua le pigeon
"și am încercat garduri vii", a continuat porumbelul
« Mais ces serpents ! Il n'y a pas moyen de leur plaire !
"Dar acei șerpi! Nu le poți mulțumi!"
Alice était de plus en plus perplexe
Alice era din ce în ce mai nedumerită
« Comme si ce n'était pas assez compliqué de faire éclore les œufs », a déclaré le pigeon
"Ca și cum nu ar fi fost destul de greu să eclozăm ouăle", a spus porumbelul
« Nuit et jour, je dois aussi faire attention aux serpents ! »
"Noaptea și ziua trebuie să am grijă și de șerpi!"
« Je venais de trouver l'arbre le plus haut de la forêt »
"Tocmai găsisem cel mai înalt copac din pădure"
« Je serais sûrement libre des serpents ici ? »
"Sigur că aș fi scăpat de șerpi aici?"
« Et un serpent sort du ciel ! »
"Și iese un șarpe din cer!"
« Mais je ne suis pas un serpent, je vous le dis ! » dit Alice
— Dar nu sunt un șarpe, îți spun! spuse Alice
"Je suis un... Je suis un... Je suis une petite fille, ajouta-t-elle d'un air un peu dubitatif
"Sunt un... Sunt un... Sunt o fetiță, adăugă ea destul de îndoielnică
Après tout, elle avait traversé beaucoup de changements
la urma urmei, trecuse prin o mulțime de schimbări
« Tu cherches des œufs », dit le pigeon
"Cauți ouă", a spus porumbelul
« Je le sais pertinemment »
"Știu asta cu siguranță"
« Et qu'importe que vous soyez une petite fille ou un serpent ? »
"Și ce contează dacă ești o fetiță sau un șarpe?"
— Cela m'importe beaucoup, dit Alice à la hâte
— Contează foarte mult pentru mine, spuse Alice în grabă

« mais je ne cherche pas d'œufs, en l'occurrence »
"dar nu caut ouă, așa cum se întâmplă"
« et je ne voudrais pas de tes œufs de toute façon »
"și oricum nu aș vrea ouăle tale"
« Je n'aime pas mes œufs crus »
"Nu-mi plac ouăle mele crude"
« Eh bien, allez-vous-en ! » dit le pigeon d'un ton boudeur
"Ei bine, pleacă atunci!" a spus porumbelul pe un ton îmbufnat
et le pigeon se posa de nouveau dans son nid
și porumbelul s-a așezat din nou în cuibul său
Alice s'accroupit parmi les arbres du mieux qu'elle put
Alice s-a ghemuit printre copaci cât de bine a putut
Son cou ne cessait de s'emmêler parmi les branches
gâtul ei se încurca printre crengi
De temps en temps, elle devait s'arrêter et se tordre le cou
din când în când trebuia să se oprească și să-și desfacă gâtul
Au bout d'un moment, elle se souvint du champignon
După un timp și-a amintit ciuperca
Elle tenait toujours les morceaux de champignon dans ses
mains
Încă ținea bucățile de ciupercă în mâini
et elle se mit à l'œuvre avec beaucoup de soin
și s-a apucat de treabă cu mare grijă
D'abord, elle a grignoté un morceau
Mai întâi a ciugulit One Piece
puis elle grignota l'autre morceau
și apoi a ciugulit cealaltă bucată
Parfois, elle grandissait
uneori creștea mai înaltă
et parfois elle devenait plus petite
și uneori devenea mai scurtă
Mais finalement, elle a atteint sa taille habituelle
dar în cele din urmă și-a atins înălțimea obișnuită
Elle n'avait pas été de sa taille depuis un certain temps
nu mai avusese înălțimea ei de ceva vreme
Tout m'a semblé étrange pendant un moment
Așa că totul s-a simțit ciudat pentru o vreme

« La prochaine chose à faire est d'entrer dans ce beau jardin »
"Următorul lucru de făcut este să intri în acea grădină frumoasă"
« Comment cela se fera-t-il, je me demande ? »
cum se poate face asta, mă întreb?
En disant cela, elle tomba sur un endroit ouvert
În timp ce spunea acestea, a dat peste un loc deschis
Il y avait une petite maison, un peu plus haute qu'un mètre
era o căsuță, puțin mai înaltă de un metru
« Je me demande qui habite cette petite maison »
"Mă întreb cine locuiește în căsuța asta"
« Je ne peux certainement pas y aller aussi grand que je le suis »
"Cu siguranță nu pot intra la fel de mare cum sunt"
« Je les effrayerais terriblement ! »
"I-aș speria teribil!"
alors elle grignota à nouveau le petit champignon
așa că a ciugulit din nou ciuperca mică
et bientôt elle s'abaissa de trente centimètres
și curând s-a coborât treizeci de centimetri

Un cochon et du poivre
Un porc și niște piper

Pendant une minute ou deux, elle resta à regarder la maison
Un minut sau două a stat uitându-se la casă
Soudain, un valet de pied sortit en courant des bois
Dintr-o dată, un valet a ieșit în fugă din pădure
Il portait un uniforme de livrée spécial
Purta o uniformă specială
à en juger par son seul visage, elle l'aurait traité de poisson
judecând doar după fața lui, ea l-ar fi numit pește
et il frappa bruyamment à la porte avec ses jointures
și a bătut tare la ușă cu degetele
La porte fut ouverte par un autre valet de pied
ușa a fost deschisă de un alt valet
Ce valet de pied portait également une livrée spéciale
și acest valet purta o livree specială
Ce valet de pied avait un visage rond et de grands yeux comme une grenouille
Acest valet avea o față rotundă și ochi mari ca o broască

**C'est le valet de pied qui ressemblait à un poisson qui a
initié la cérémonie**
Valetul care arăta ca un peşte a iniţiat ceremonia
Il sortit quelque chose de sous son bras
A scos ceva de sub braţ
et il tira de dessous son bras une enveloppe
şi a scos de sub braţ un plic
et cette enveloppe, il la remit à l'autre valet de pied
şi acest plic l-a înmânat celuilalt valet
D'un ton cérémoniel, il lui donna les ordres
Pe un ton ceremonios, i-a spus ordinele
« Ce message s'adresse à la duchesse »
"Acest mesaj este pentru ducesă"
« Une invitation de la reine à jouer au croquet »
"O invitaţie din partea reginei de a juca croquet"
**Le valet de pied qui ressemblait à une grenouille répéta
l'ordre**
Valetul care arăta ca o broască a repetat ordinul
« De la reine »
"De la regină"
« Une invitation »
"o invitaţie"
« pour la duchesse »
"pentru ducesă"
« Jouer au croquet »
"jucând croquet"
Puis ils s'inclinèrent tous les deux
Apoi amândoi s-au înclinat jos
et les boucles de leurs perruques s'emmêlèrent
şi buclele din perucile lor s-au încurcat
**Bientôt, le valet de pied qui ressemblait à un poisson a
disparu**
curând valetul care arăta ca un peşte a dispărut
**Mais le valet de pied qui ressemblait à une grenouille était
toujours là**
dar valetul care arăta ca o broască era încă acolo
Il était assis par terre près de la porte

stătea pe pământ lângă uşă
Il regardait bêtement le ciel
se uita stupid la cer
Alice s'approcha timidement de la porte et frappa
Alice s-a dus timidă la uşă şi a bătut
— Il ne sert à rien de frapper, dit le valet de pied
— N-are rost să baţi la uşă, spuse valetul
« Et ce, pour deux raisons »
"Şi asta din două motive"
« D'abord, parce que je suis du même côté de la porte que toi »
"În primul rând, pentru că sunt de aceeaşi parte a uşii cu tine"
« Deuxièmement, parce qu'ils font tellement de bruit à l'intérieur »
"În al doilea rând, pentru că fac atât de mult zgomot înăuntru"
« Personne ne pouvait vous entendre »
"Nimeni nu te-ar putea auzi"
Et il y avait certainement un bruit des plus extraordinaires à l'intérieur
Şi cu siguranţă se auzea un zgomot extraordinar înăuntru
des hurlements et des éternuements constants
un urlet şi strănut constant
et de temps en temps un bruit de grand fracas
şi din când în când un sunet de mare prăbuşire
comme si un plat ou une bouilloire avait été brisé en morceaux
ca şi cum o farfurie sau un ceainic ar fi fost rupt în bucăţi
« Comment vais-je entrer ? » demanda Alice
— Cum să intru? întrebă Alice
— Faut-il que tu entres ? dit le valet de pied
"Ar trebui să intri deloc?" a spus valetul
« C'est la première question, vous savez »
"Asta e prima întrebare, ştii"
Alice ouvrit la porte et entra
Alice a deschis uşa şi a intrat
La porte menait directement à une grande cuisine
Uşa ducea direct într-o bucătărie mare

La cuisine était pleine de fumée d'un bout à l'autre
bucătăria era plină de fum de la un capăt la altul
au milieu de la cuisine se trouvait la duchesse
în mijlocul bucătăriei era ducesa
Elle était assise sur un tabouret à trois pieds
stătea pe un scaun cu trei picioare
et elle allaitait un bébé
și alăpta un copil
Le cuisinier était penché au-dessus du feu
Bucătarul se apleca deasupra focului
Il remuait un grand chaudron
Agita un cazan mare
et le chaudron semblait être plein de soupe
iar cazanul părea plin de supă
« Il y a certainement trop de poivre dans cette soupe ! » Alice se dit
"Cu siguranță este prea mult piper în supa asta!" Alice și-a spus
Elle l'a dit du mieux qu'elle a pu sans éternuer
A spus-o cât de bine a putut, fără să strănute
Même la duchesse éternuait de temps en temps
Chiar și ducesa strănuta din când în când
Mais les actions du bébé étaient les plus remarquables
dar acțiunile copilului au fost cele mai notabile
Le bébé éternuait et hurlait alternativement
bebelușul strănuta și urlă alternativ
Il n'y avait pas un instant de pause entre les hurlements et les éternuements
Nu a fost nici o clipă de pauză între urlete și strănuturi
Il y avait deux créatures dans la cuisine qui n'éternuaient pas
Erau două creaturi în bucătărie care nu strănutau
Le cuisinier était trop occupé pour éternuer
Bucătarul era prea ocupat să strănute
et le gros chat ne semblait pas se soucier du poivre
iar pisica mare nu părea să se deranjeze de piper
Au lieu de cela, le gros chat souriait d'une oreille à l'autre

În schimb, pisica mare zâmbea de la ureche la ureche
— Pourriez-vous me le dire, s'il vous plaît, dit Alice un peu timidement
— Te rog să-mi spui, spuse Alice, puțin timidă
« Pourquoi ton chat sourit-il comme ça ? »
"De ce zâmbește pisica ta așa?"
« C'est un Cheshire-Cat, » dit la duchesse
— E o pisică Cheshire, spuse ducesa
« Et c'est pourquoi il sourit d'une oreille à l'autre »
"Și de aceea zâmbește de la o ureche la alta"
« Je ne savais pas qu'un Cheshire-Cat souriait toujours »
"Nu știam că o pisică Cheshire zâmbește mereu"
« En fait, je ne savais pas que les chats pouvaient sourire », a déclaré Alice
"De fapt, nu știam că pisicile pot zâmbi", a spus Alice
— Il y a beaucoup de choses que vous ne savez pas, dit la duchesse
— Sunt multe lucruri pe care nu le știi, spuse ducesa
« Il y a beaucoup de choses que vous ne savez pas et c'est un fait »
"Sunt multe lucruri pe care nu le știi și asta este un fapt"
Juste à ce moment-là, le cuisinier retira le chaudron de soupe du feu
Chiar atunci bucătarul a scos cazanul de supă de pe foc
et aussitôt, elle commença à jeter tout ce qui était à sa portée
și imediat a început să arunce tot ce îi stă la îndemână
elle jeta tout ce qu'elle put sur la duchesse et le bébé
a aruncat tot ce a putut în ducesă și în copil
D'abord, elle jeta les fers à feu
Mai întâi a aruncat fiarele de călcat
Puis elle a jeté une poignée de casseroles
apoi a aruncat o mână de cratițe
et enfin elle jeta les assiettes et les plats
și în cele din urmă a aruncat farfuriile și vasele
La duchesse ne fit pas attention à elle
Ducesa nu a băgat-o în seamă
Même lorsqu'elle a été frappée par une assiette, elle ne s'est

pas inquiétée

Chiar și atunci când a fost lovită de o farfurie, nu și-a făcut griji

Le bébé hurlait déjà tellement

Copilul deja urlă atât de mult

Il était donc impossible de dire si les coups blessaient le bébé ou non

așa că era imposibil de spus dacă loviturile l-au rănit pe copil sau nu

« Oh, je vous en prie, faites attention à ce que vous faites ! » s'écria Alice

— Oh, te rog, ai grijă ce faci! strigă Alice

et elle sautait de haut en bas dans une agonie de terreur

și a sărit în sus și în jos într-o agonie de groază

la duchesse offrit le bébé à Alice

ducesa i-a oferit copilului lui Alice

« Ici ! Tu peux allaiter un peu le bébé, si tu veux !

"Aici! Poți alăpta puțin copilul, dacă vrei!"

et elle lui lança l'enfant tout en parlant

și a aruncat copilul spre ea în timp ce vorbea

« Je dois aller me préparer à jouer au croquet avec la reine »

"Trebuie să merg și să mă pregătesc să joc crochet cu regina"

et elle se hâta de sortir de la chambre

și ea s-a grăbit să iasă din cameră

Alice attrapa le bébé avec quelque difficulté

Alice a prins copilul cu oarecare dificultate

parce que c'était une petite créature de forme très étrange

pentru că era o creatură mică cu formă foarte ciudată

et l'enfant tendit les bras et les jambes dans toutes les directions

iar bebelușul și-a întins brațele și picioarele în toate direcțiile

« Je ferais mieux d'emmener cet enfant avec moi », pensa Alice

"Mai bine îl iau pe acest copil cu mine", se gândi Alice

« Ils sont sûrs de tuer ce bébé dans un jour ou deux »

"Sigur că vor ucide acest copil într-o zi sau două"

« Ne serait-ce pas un meurtre de laisser ce bébé derrière soi ?

»

"Nu ar fi o crimă să laşi acest copil în urmă?"

Elle prononça les derniers mots à haute voix

Ea a spus ultimele cuvinte cu voce tare

Et la petite créature grogna en réponse

şi micuţul a mormăit ca răspuns

« Tu ferais mieux de ne pas te transformer en cochon, ma chère, » dit Alice

— Mai bine nu te transformi în porc, draga mea, spuse Alice

« ou alors je n'aurai plus rien à faire avec toi »

altfel nu voi mai avea nimic de-a face cu tine.

Alice commençait à peine à penser en elle-même :

Alice abia începea să se gândească:

« Maintenant, que vais-je faire de cette créature, quand je la ramène à la maison ? »

"Acum, ce să fac cu această creatură, când o voi aduce acasă?"

Mais alors la petite créature grogna un peu violemment

dar apoi micuţa creatură mormăi puţin violent

et Alice baissa les yeux sur son visage avec une certaine inquiétude

şi Alice s-a uitat în faţa lui cu oarecare alarmă

Cette fois, il ne pouvait y avoir d'erreur à ce sujet

De data aceasta nu putea fi nicio greşeală în privinţa asta

Ce n'était ni plus ni moins qu'un cochon

nu era nici mai mult, nici mai puţin decât un porc

alors elle déposa la petite créature

aşa că a lăsat micuţa creatură jos

et la petite créature s'éloigna tranquillement dans le bois

şi micuţa creatură se îndepărtează liniştită în pădure

Alice se sentit tout à fait soulagée de voir la créature partir

Alice s-a simţit destul de uşurată să vadă creatura plecând

Alice fut un peu surprise en voyant le Chat-Cheshire

Alice a fost puţin surprinsă văzând pisica Cheshire

Il était assis sur une branche d'arbre à quelques mètres de là

stătea pe o creangă de copac la câţiva metri distanţă

Le chat ne sourit que lorsqu'il la vit

Pisica a zâmbit doar când a văzut-o

« Chat du Cheshire », commença Alice un peu timidement
— Pisica Cheshire, începu Alice, destul de timidă
« Pourriez-vous s'il vous plaît me dire dans quelle direction
je dois aller à partir d'ici ? »
"Ai putea să-mi spui în ce direcție ar trebui să merg de aici?"
« Dans cette direction », dit le chat
"În acea direcție", a spus pisica
et il agita la patte droite
și a fluturat laba dreaptă
« C'est dans cette direction que vit un fabricant de
chapeaux »
"În acea direcție trăiește un producător de pălării"
puis le chat agita son autre patte
și apoi pisica și-a fluturat cealaltă labă
« Et dans cette direction vit un lièvre de marche »
"Și în acea direcție trăiește un iepure de marș"
« Visitez l'un ou l'autre de vos goûts ; Ils sont tous les deux
fous"
"Vizitați oricare dintre cei care doriți; amândoi sunt nebuni"
— Mais je ne veux pas aller parmi des fous, remarqua Alice
— Dar nu vreau să merg printre nebuni, remarcă Alice
« Oh, tu ne peux pas t'en empêcher, » dit le Chat
— Oh, nu te poți abține, spuse Pisica
« Nous sommes tous fous ici »
"Suntem cu toții nebuni aici"
« Tu joues au croquet avec la reine aujourd'hui ? »
"Jucați crochet cu regina astăzi?"
— J'aimerais beaucoup, dit Alice
— Mi-ar plăcea foarte mult, spuse Alice
« mais je n'ai pas encore été invité »
"dar nu am fost încă invitat"
« Tu me verras là-bas », dit le Chat
"Mă vei vedea acolo", a spus Pisica
et d'un instant à l'autre le chat disparaissait
și de la un moment la altul pisica a dispărut
bientôt Alice arriva en vue de la maison du lièvre de marche
curând Alice a ajuns la vederea casei iepurelui de marș

C'était une très grande maison
aceasta era o casă foarte mare
alors Alice ne voulait pas s'approcher de la maison
aşa că Alice nu a vrut să se apropie de casă
D'abord, elle a dû grignoter un peu plus du morceau de champignon du côté gauche
Mai întâi a trebuit să ronţăie puţin din partea stângă a ciupercii

Un thé fou

o petrecere nebună a ceaiului

Devant la maison, il y avait un arbre

În faţa casei era un copac

et sous l'arbre, il y avait une table

şi sub copac era o masă

et la table était dressée avec toutes sortes de couverts

iar masa era pusă cu tot felul de tacâmuri

Le lièvre de mars et le chapelier étaient à table

Iepurele de martie şi producătorul de pălării erau la masă

et ensemble ils prenaient le thé

şi împreună beau ceai

Un loir était assis entre eux

un şoricel stătea între ei

et le loir dormait profondément

iar şoricul dormea adânc

La table était d'une taille extraordinaire

Masa era de dimensiuni extraordinare

mais la majeure partie de la table était inoccupée

dar cea mai mare parte a mesei era neocupată

Ils étaient assis serrés les uns contre les autres dans un coin de la table

Stăteau înghesuiţi într-un colţ al mesei

et pourtant ils s'excusaient quand ils voyaient Alice

şi totuşi au găsit scuze când au văzut-o pe Alice

« Pas de place ! Pas de place ! » crièrent-ils

"Nu există loc! Nu există loc!" au strigat ei

« Il y a beaucoup de place ! » dit Alice avec indignation

— E loc din belşug! spuse Alice indignată

À l'une des extrémités de la table, il y avait un grand fauteuil

la un capăt al mesei era un fotoliu mare

et Alice s'assit dans le fauteuil

şi Alice s-a aşezat în fotoliu

Le chapelier ouvrit de grands yeux

Pălărierul a deschis ochii foarte larg

Il n'arrivait pas à croire ce qu'il voyait

Nu-i venea să creadă ce vedea
Mais son esprit était curieux d'autres choses
dar mintea lui era curioasă despre alte lucruri
« Pourquoi un corbeau est-il comme un bureau ? »
"De ce este un corb ca un birou?"
Alice était prête à relever le défi
Alice a fost deschisă provocării
« Je suis content qu'ils aient commencé à poser des énigmes »
"Mă bucur că au început să pună ghicitori"
— Je crois que je peux le deviner, ajouta-t-elle à haute voix
— Cred că pot ghici asta, adăugă ea cu voce tare
Le lièvre de mars s'est curieux de connaître Alice
Iepurele de marș a devenit curios despre Alice
« Pensez-vous vraiment que vous pouvez trouver la réponse ? »
"Chiar crezi că poți găsi răspunsul?"
— Je crois que je peux trouver la réponse, en effet, dit Alice
— Cred că pot găsi într-adevăr răspunsul, spuse Alice
« Alors, tu devrais dire ce que tu veux dire », continua le lièvre de marche
"Atunci ar trebui să spui ce vrei să spui", a continuat iepurele de marș
— Je dis ce que je pense, répondit vivement Alice
— Spun ce vreau să spun, răspunse Alice în grabă
« à tout le moins, je pense ce que je dis »
"cel puțin vorbesc serios ceea ce spun"
« C'est la même chose, vous savez »
"E același lucru, știi"
Le loir a également contribué à la conversation
Șoricul a contribuit și el la conversație
mais le loir semblait parler dans son sommeil
dar șoricul părea să vorbească în somn
« Je respire quand je dors »
"Respir când dorm"
« Je dors quand je respire ! »
"Dorm când respir!"

« Autant dire qu'ils sont les mêmes aussi »
"Ai putea la fel de bine să spui că și ei sunt la fel"
« C'est la même chose pour toi », dit le chapelier
"Același lucru este și cu tine", a spus pălărierul
Et il versa un peu de thé sur le nez du loir
și a turnat puțin ceai pe nasul șoricelui
Le Loir secoua la tête avec impatience
Dormouse a clătinat din cap nerăbdător
et le loir parla de nouveau, sans ouvrir les yeux
și din nou șoricul a vorbit, fără să deschidă ochii
« Bien sûr, bien sûr que c'est la même chose »
"Desigur, bineînțeles că este la fel"
« C'est juste ce que j'allais dire moi-même »
"Asta aveam de gând să spun și eu"

Le chapelier se tourna vers Alice et lui posa une autre question

Pălăriile s-a întors către Alice și i-a pus o altă întrebare

« As-tu déjà deviné l'énigme ? »

"Ai ghicit deja ghicitoarea?"

« Non, j'abandonne », a concédé Alice

"Nu, renunț", a recunoscut Alice

« Quelle est la réponse ? » voulait-elle savoir

"Care este răspunsul?" a vrut să știe

— Je n'en ai pas la moindre idée, dit le chapelier

— N-am nici cea mai mică idee, spuse pălărierul

« Moi non plus, » dit le lièvre de marche

"Nici nu știu", a spus iepurele de marș

Alice poussa un soupir de lassitude

Alice a oftat obosit

« Il y a de meilleures utilisations du temps que des énigmes sans réponses »

"Există o utilizare mai bună a timpului decât ghicitori fără răspunsuri"

« Prends encore du thé », dit le lièvre de marche à Alice, très sérieusement

"Mai bea niște ceai", i-a spus iepurele de marș lui Alice, foarte serios

Alice était assez offensée par l'offre

Alice a fost destul de ofensată de ofertă

— Je n'ai pas encore pris de thé, répondit Alice

"Nu am băut încă ceai", a răspuns Alice

« donc je ne peux plus prendre de thé »

"de aceea nu mai pot bea ceai"

— Vous voulez dire que vous ne pouvez pas prendre moins de thé, dit le chapelier

"Vrei să spui că nu poți bea mai puțin ceai", a spus pălărierul

« C'est très facile de prendre plus que rien »

"Este foarte ușor să iei mai mult decât nimic"

À ces mots, Alice se leva et s'en alla

Alice s-a ridicat și a plecat

Le loir s'endormit instantanément

Șoricul a adormit instantaneu
et ni l'un ni l'autre ne firent la moindre attention à son départ
și nici unul dintre ceilalți nu a băgat în seamă plecarea ei
bien qu'elle ait regardé en arrière une ou deux fois
deși s-a uitat înapoi o dată sau de două ori
Ils essayaient de mettre le loir dans la théière
încercau să bage șoricul în ceainic
« En tout cas, je n'y retournerai plus ! » dit Alice
— În orice caz, nu voi mai merge niciodată acolo! spuse Alice
et elle se fraya un chemin à travers les bois
și și-a croit drum prin pădure
« c'était le thé le plus stupide auquel j'aie jamais assisté »
"A fost cea mai stupidă petrecere de ceai la care am fost vreodată"
Juste au moment où elle disait cela, elle remarqua quelque chose
Tocmai în timp ce spunea asta, a observat ceva
L'un des arbres avait une porte qui y menait directement
Unul dintre copaci avea o ușă care ducea direct în el
« C'est très intéressant ! » a-t-elle pensé
"E foarte interesant!" se gândi ea
« Je pense que je peux aussi bien passer la porte »
"Cred că aș putea la fel de bine să intru pe ușă"
Et elle passa par la porte
Și a intrat pe ușă
Une fois de plus, elle se retrouva dans le long couloir
Încă o dată s-a trezit în holul lung
de nouveau, elle était près de la petite table de verre
din nou era aproape de măsuța de sticlă
Elle prit la petite clé d'or
A luat cheia mică de aur
et elle ouvrit la porte qui donnait sur le jardin
și a descuiat ușa care ducea în grădină
Puis elle s'est mise au travail pour grignoter le champignon
Apoi s-a apucat de treabă ronțăind ciuperca
Elle avait gardé un morceau du champignon dans sa poche

Păstrase o bucată de ciupercă în buzunar
Et finalement, elle mesurait environ un mètre
și în cele din urmă avea aproximativ un metru înălțime
Puis elle descendit le petit couloir
apoi a mers pe micul coridor
Et puis elle s'est finalement retrouvée dans le magnifique jardin
și apoi s-a trezit în cele din urmă în frumoasa grădină
et elle était parmi les fleurs brillantes et les fontaines fraîches
și era printre florile strălucitoare și fântânile răcoroase

Le terrain de croquet de la reine
Terenul de crochet al reginei

Un grand rosier se dressait près de l'entrée du jardin
Un trandafir mare stătea lângă intrarea în grădină
Les roses qui poussaient sur l'arbre étaient blanches
trandafirii care creșteau pe copac erau albi
Mais il y avait trois jardiniers qui peignaient la rose
dar erau trei grădinari care pictau trandafirul
Ils étaient occupés à peindre les roses en rouge
erau ocupați să picteze trandafirii în roșu
et Alice les regardait peindre les roses en rouge
iar Alice îi privea pictând trandafirii în roșu
et soudain leurs yeux tombèrent par hasard sur Alice
și deodată ochii lor au căzut din întâmplare pe Alice
Alice parlait un peu timidement
Alice a vorbit puțin timid
« Pourriez-vous me le dire, s'il vous plaît ? »
— Ai vrea să-mi spui, te rog;
« Pourquoi peignez-vous tous ces roses ? »
"De ce pictați cu toții acei trandafiri?"
cinq et sept ne dirent rien, mais regardèrent deux
cinci și șapte nu au spus nimic, ci s-au uitat la doi
deux d'entre eux parlèrent à voix basse
Doi au vorbit cu voce scăzută
— Eh bien, le fait est, voyez-vous, madame.
— De ce, adevărul este, vedeți, doamnă.
« Celui-ci aurait dû être un rosier rouge »
"Aici ar fi trebuit să fie un trandafir roșu"
« Et nous avons mis un rosier blanc par erreur »
"și am pus din greșeală un trandafir alb"
« Comme vous en conviendrez, la reine ne doit pas le découvrir »
"După cum ați fi de acord, regina nu trebuie să afle"
« Sinon, nous aurions tous la tête tranchée »
"Altfel ne-am tăia cu toții capul"
« Alors vous voyez, madame, nous faisons de notre mieux »
"Deci vedeți, doamnă, facem tot posibilul"

La cinquième carte avait regardé anxieusement à travers le jardin

Cardul cinci se uitase cu nerăbdare prin grădină

À ce moment, la cinquième carte cria : « La dame ! La reine !

În acest moment, cartea a cincea a strigat: "Regina! Regina!"

Et les trois jardiniers s'enfuirent aussitôt

iar cei trei grădinari au fugit instantaneu

et ils se jetèrent à plat ventre

și s-au aruncat cu fața la pământ

Il y eut un bruit de nombreux pas

Se auzea un sunet de mulți pași

Alice regarda autour d'elle, impatiente de voir la reine

Alice s-a uitat în jur, nerăbdătoare să o vadă pe regină

Au début de la procession se trouvaient dix soldats

La începutul procesiunii erau zece soldați

leurs mains et leurs pieds étaient dans les coins

mâinile și picioarele lor erau în colțuri

et dans leurs mains et leurs pieds étaient des massues

și în mâinile și picioarele lor erau bâte

Venaient ensuite les dix courtisans

Apoi au venit cei zece curteni

Les courtisans étaient partout ornés de diamants

curtenii erau împodobiți peste tot cu diamante

Après les courtisans sont venus les enfants royaux

După curteni au venit copiii regali

Il y avait dix enfants royaux

Erau zece copii regali

et tous les enfants royaux étaient ornés de cœurs

și toți copiii împărătești erau împodobiți cu inimioare

Venaient ensuite les invités ; principalement des rois et des reines

Apoi au venit oaspeții; în mare parte regi și regine

et parmi les rois et la reine, Alice vit quelqu'un

și printre regi și regină, Alice a văzut pe cineva

Elle revit le lapin blanc qu'elle avait chassé

A văzut din nou iepurele alb pe care îl urmărise

Le cortège était suivi par le valet de cœur

Procesiunea a fost urmată de ticălosul de inimi
Il portait la couronne du roi
Purta coroana regelui
et la couronne du roi était sur un coussin de velours cramoisi
iar coroana regelui era pe o pernă de catifea purpurie
Et puis vint la fin de ce grand cortège
și apoi a venit sfârșitul acestei mari procesiuni
Et là, à la fin, il y avait le Roi et la Reine de Cœur
și acolo, la sfârșit, erau regele și regina inimilor
le cortège arriva en face d'Alice
procesiunea a venit opus lui Alice
et ils s'arrêtèrent tous et la regardèrent
și toți s-au oprit și s-au uitat la ea
et la reine dit sévèrement : « Qui est-ce ? »
și regina a spus sever: "Cine este acesta?"
Elle l'a dit au Valet de Cœur
Ea i-a spus-o ticălosului de inimi
Mais il s'est contenté de s'incliner et de sourire en réponse
dar el doar s-a înclinat și a zâmbit ca răspuns
Alice parla très poliment
Alice a vorbit foarte politicos
« Je m'appelle Alice, alors faites plaisir à Votre Majesté »
"Numele meu este Alice, așa că vă rog maiestatea voastră"
Mais elle avait d'autres pensées pour elle-même
dar avea alte gânduri pentru ea
« Ce n'est qu'un jeu de cartes, après tout ! »
"Sunt doar un pachet de cărți, la urma urmei!"
« Savez-vous jouer au croquet ? » cria la reine
"Poți juca croquet?" a strigat regina
La question était évidemment destinée à Alice
Întrebarea era evident destinată lui Alice
— Oui ! dit Alice d'une voix forte
"Da!" a spus Alice cu voce tare
« Venez jouer alors ! » rugit la reine
"Vino să te joci atunci!" a răcnit regina
une voix timide s'adressa à Alice
o voce timidă i-a vorbit lui Alice

« C'est une très belle journée ! »
"Este o zi foarte frumoasă!"
Elle se promenait près du lapin blanc
Mergea pe lângă iepurele alb
et le Lapin Blanc jetait un coup d'œil anxieux sur son visage
iar Iepurele Alb îi privea neliniștit în față
« Une très belle journée, en effet, confirma Alice
— Într-adevăr, o zi foarte frumoasă, confirmă Alice
« Où est la duchesse ? »
"Unde este ducesa?"
« Chut ! Chut ! dit le Lapin
"Taci! Taci!" a spus Iepurele
« Elle est sous le coup d'une sentence d'exécution »
"Ea este condamnată la execuție"
« Pourquoi est-elle exécutée ? » demanda Alice
— Pentru ce este executată? întrebă Alice
« Elle a éraflé les oreilles de la reine », commença le lapin
"I-a zgâriat urechile reginei", a început iepurele
cria la reine d'une voix de tonnerre
Regina a strigat cu o voce de tunet
« Retournez à vos endroits ! »
"Ajungeți la locurile voastre!"
et les gens se mirent à courir dans toutes les directions
și oamenii au început să alerge în toate direcțiile
et ils tombèrent tous les uns contre les autres
și toți s-au rostogolit unul împotriva celuilalt
Cependant, ils se sont calmés en une minute ou deux
Cu toate acestea, s-au liniștit într-un minut sau două
Et puis le jeu a commencé
și apoi a început jocul
Alice n'avait jamais vu un terrain de croquet aussi curieux
Alice nu văzuse niciodată un teren de crochet atât de curios
L'herbe n'était que crêtes et sillons
iarba era doar creste și brazde
Les boules de croquet étaient de vrais hérissons
Bilele de crochet erau adevărați arici
Et les maillets étaient de vrais flamants roses

iar ciocanele erau adevărate flamingo
et les soldats se tinrent sur leurs mains et leurs pieds
și soldații stăteau în picioare
Parce que les arches ont été faites à partir de leurs corps
pentru că arcadele au fost făcute din corpurile lor
Les joueurs ont tous joué en même temps
Jucătorii au jucat toți simultan
Personne n'attendait son tour
nimeni nu și-a așteptat rândul
et tout le monde se querellait avec tout le monde
și toată lumea s-a certat cu toată lumea
et tous se battaient pour les hérissons
și toți se luptau pentru arici
Bientôt, la reine fut dans une colère furieuse
În curând, regina a fost într-o pasiune furioasă
et elle s'est mise à piétiner et à crier
și a început să calce și să strige
« Coupez-lui la tête ! »
"Tăiați-i capul!"
« Coupez-lui la tête ! »
"Tăiați-i capul!"
« Coupez-leur la tête ! »
"Tăiați-le toate capetele!"
De nouveau, Alice pensa en elle-même
Alice se gândi din nou în sinea ei
« Ils sont affreusement friands de décapiter les gens ici »
"Le place îngrozitor să decapiteze oamenii aici"
**« Ce qui est très étonnant, c'est qu'il reste quelqu'un en vie !
»**
"Marea minune este că a mai rămas cineva în viață!"
Elle cherchait un moyen de s'échapper
Căuta o cale de scăpare
Elle remarqua une curieuse apparition dans l'air
a observat o apariție curioasă în aer
« C'est le chat du Cheshire », se dit-elle
"E pisica Cheshire", și-a spus ea
« maintenant j'aurai quelqu'un à qui parler »

"acum voi avea cu cine vorbi"
« Comment vas-tu ? » dit le chat
"Cum te descurci?" a spus pisica
« Je ne pense pas qu'ils jouent du tout équitablement », a déclaré Alice
"Nu cred că joacă deloc corect", a spus Alice
et elle avait un ton plutôt plaintif
și avea un ton mai degrabă plângător
« Ils se querellent tous si affreusement »
"Toți se ceartă atât de îngrozitor"
« On ne s'entend pas parler »
"Nu te auzi vorbind"
« Et ils ne semblent pas jouer selon des règles »
"Și nu par să joace după nicio regulă"
le chat a posé une question à Alice à voix basse
pisica i-a pus o întrebare lui Alice cu voce scăzută
« Comment aimez-vous la reine ? »
"Cum îți place regina?"
— Je ne l'aime pas du tout, dit Alice
— Nu-mi place deloc, spuse Alice

Alice pensa qu'elle ferait aussi bien d'y retourner
Alice s-a gândit că ar putea la fel de bine să se întoarcă
Elle voulait voir comment le match se passait
A vrut să vadă cum merge jocul
Elle est partie à la recherche de son hérisson
A plecat în căutarea ariciului ei
Le hérisson était occupé à combattre un autre hérisson
Ariciul era ocupat să se lupte cu un alt arici
C'était une excellente occasion
Aceasta a fost o oportunitate excelentă
Elle pouvait croquer un hérisson avec l'autre
putea să facă crochet cu un arici cu celălalt
Mais son flamant rose était de l'autre côté du jardin
dar flamingoul ei era de cealaltă parte a grădinii
Le flamant rose était plutôt maladroit
Flamingo era destul de stângaci
Son flamant rose essayait de s'envoler dans un arbre
flamingoul ei încerca să zboare într-un copac
Elle attrapa le flamant rose par la patte
A prins flamingo de picior
Et elle glissa le flamant rose sous son bras
și și-a ascuns flamingo sub braț
De cette façon, le flamant rose ne pouvait plus s'échapper
În acest fel, flamingo nu putea scăpa din nou
Juste à ce moment-là, Alice rencontra la duchesse
Chiar atunci Alice a întâlnit-o pe ducesă
La duchesse était maintenant sortie de prison
Ducesa a ieșit din închisoare
Elle glissa affectueusement son bras sous celui d'Alice
Și-a băgat brațul sub brațul lui Alice
puis ils sont partis ensemble
și apoi au plecat împreună
**Alice était très heureuse de la trouver d'une humeur si
agréable**
Alice a fost foarte bucuroasă să o găsească într-un
temperament atât de plăcut
Elle était cependant un peu surprise

Cu toate acestea, a fost puțin speriată
Elle entendit la voix de la duchesse près de son oreille
a auzit vocea ducesei aproape de urechea ei
« Tu penses à quelque chose, ma chérie »
"Te gândești la ceva, draga mea"
« Et ça fait oublier de parler »
"Și asta te face să uiți să vorbești"
« Le jeu se passe un peu mieux maintenant », a déclaré Alice
"Jocul merge destul de bine acum", a spus Alice
C'était une façon de poursuivre la conversation
A fost o modalitate de a menține conversația
— C'est vrai, dit la duchesse
— Într-adevăr, așa este, spuse ducesa
« Et la morale de cela est la suivante : »
"Și morala acestui lucru este aceasta:"
« C'est l'amour qui fait tout ! »
"Iubirea este cea care face totul!"
« L'amour est ce qui fait tourner le monde »
"Iubirea este ceea ce face lumea să se învârtă"
Alice avait une autre explication
Alice avea o altă explicație
« C'est fait par tout le monde qui s'occupe de ses propres affaires ! »
"Fiecare își vede de treaba lui!"
— Ah ! Vous pourriez avoir raison"
"Ah, ei bine! Ai putea avea dreptate"
— Tout cela signifie à peu près la même chose, dit la duchesse
— Totul înseamnă cam același lucru, spuse ducesa
et elle enfonça son petit menton pointu dans l'épaule d'Alice
și și-a înfipt bărbia ascuțită în umărul lui Alice
« Et la morale de cela est la suivante »
"Și morala asta este aceasta"
« Prendre soin du sens »
"Ai grijă de simțuri"
« Et puis les sons prendront soin d'eux-mêmes »
"Și atunci sunetele vor avea grijă de ele însele"

Mais alors le bras de la duchesse se mit à trembler
dar apoi brațul ducesei a început să tremure
Alice leva les yeux et la reine se tenait là
Alice s-a uitat în sus și acolo stătea regina
La reine avait les bras croisés
Regina avea brațele încrucișate
Et elle fronçait les sourcils comme un orage !
și se încrunta ca o furtună!
« Je vous préviens », cria la reine
"Vă avertizez corect", a strigat regina
et elle piétina le sol tout en parlant
și a călcat în picioare în timp ce vorbea
« Soit ta tête, soit sa tête doit être coupée »
"Fie capul tău, fie capul ei trebuie să fie oprit"
« Faites votre choix ! »
"Alege!"
« Et soyez rapide à ce sujet »
"și să te grăbești cu asta"
La duchesse fait son choix
Ducesa a făcut alegerea ei
et au bout d'un instant la duchesse avait disparu
și într-o clipă ducesa a dispărut
Puis la reine s'adressa à Alice
Apoi regina i-a vorbit lui Alice
« Continuons le jeu »
"Să continuăm jocul"
Alice était trop effrayée pour dire un mot
Alice era prea speriată ca să spună un cuvânt
et elle la suivit lentement jusqu'au terrain de croquet
și a urmat-o încet înapoi la croquet
Pendant tout ce temps, la reine s'est querellée avec les autres joueurs
Tot timpul regina s-a certat cu ceilalți jucători
« Coupez-lui la tête ! »
"Tăiați-i capul!"
« Coupez-lui la tête ! »
"Tăiați-i capul!"

« Coupez-leur la tête ! »
"Tăiați-le toate capetele!"
Bientôt, tous les joueurs ont été en garde à vue
În curând, toți jucătorii au fost în custodie
il ne restait que le roi, la reine et Alice
doar regele, regina și Alice au rămas
Puis la reine s'en alla, tout à fait essoufflée
Apoi regina a plecat, fără suflare
et elle s'en alla avec Alice
și a plecat cu Alice
Alice entendit le roi dire quelque chose
Alice l-a auzit pe rege spunând ceva în liniște
« Vous êtes tous pardonnés »
"Sunteți cu toții iertați"
Mais soudain, un autre cri se fit entendre
dar dintr-o dată s-a auzit un alt strigăt
« Le procès commence ! »
"Procesul începe!"
et Alice courut avec les autres
și Alice a alergat împreună cu ceilalți

Qui a volé les tartes ?

Cine a furat tartele?

Le roi et la reine de cœur étaient assis

Regele și regina de inimi s-au așezat

ils étaient sur leur trône quand Alice arriva

erau pe tronul lor când a sosit Alice

Il y avait une grande foule rassemblée autour d'eux

Era o mare mulțime adunată în jurul lor

Il y avait toutes sortes de petits oiseaux et de bêtes

erau tot felul de păsări și animale

Et il y avait tout le paquet de cartes

și acolo era tot pachetul de cărți

Le coquin se tenait devant eux, enchaîné

ticălosul stătea în fața lor, în lanțuri

et il y avait un soldat de chaque côté pour le garder

și era câte un soldat de fiecare parte care să-l păzească

près du roi était le lapin blanc

lângă rege era iepurele alb

Il avait une trompette dans une main

avea o trompetă într-o mână

et il avait un rouleau de parchemin dans l'autre main

și avea un sul de pergament în cealaltă mână

Au milieu de la cour se trouvait une table

Chiar în mijlocul curții era o masă

Sur la table, il y avait un grand plat de tartes

Pe masă era un fel mare de tarte

« J'aimerais qu'ils fassent le procès », pensa Alice

"Mi-aș dori să ducă la bun sfârșit procesul", se gândi Alice

« Alors nous pourrions manger quelques-uns de ces rafraîchissements ! »

"Atunci am putea mânca niște băuturi răcoritoare!"

Le juge, soit dit en passant, était le roi
Judecătorul, apropo, era regele
et il portait sa couronne sur sa grande perruque
și și-a purtat coroana peste peruca sa mare
« C'est le banc des jurés, pensa Alice
— Asta e boxa juraților, se gândi Alice
« Et ces douze créatures, je suppose qu'elles sont les jurés »
"și acele douăsprezece creaturi, presupun că sunt jurații"
certains étaient des animaux, et d'autres étaient des oiseaux
unele erau animale, iar altele erau păsări
Juste à ce moment-là, le lapin blanc a crié
Chiar atunci iepurele alb a strigat
« Silence dans la cour ! »
"Liniște în curte!"
« Héraut, lisez l'accusation ! » dit le roi
"Vestitor, citește acuzația!" a spus regele
Le lapin blanc souffla trois coups de trompette
Iepurele Alb a suflat trei sunete la trompetă
Puis il déroula le parchemin
apoi a derulat pergamentul

Et il a lu ce qui suit :
și a citit următoarele:
« La reine de cœur, elle a fait des tartes, »
"Regina inimilor, a făcut niște tarte"
« Tout cela, elle l'a fait un jour d'été »
"Toate acestea le-a făcut într-o zi de vară"
« Le valet de cœur, il a volé ces tartes »
"Ticălosul inimilor, a furat acele tarte"
« Et il a emporté ces tartes loin ! »
"Și a luat acele tarte departe!"
« Appelez le premier témoin », dit le roi
"Cheamă primul martor", a spus regele
et le lapin blanc souffla trois coups de trompette
iar iepurele alb a sunat trei sunete de trâmbiță
« Amenez le premier témoin ! » cria-t-il
"Aduceți primul martor!" a strigat el
Le premier témoin était le chapelier
Primul martor a fost producătorul de pălării
Il entra avec une tasse de thé dans une main
A intrat cu o ceașcă de ceai într-o mână
et il avait un morceau de pain et de beurre dans l'autre main
și avea o bucată de pâine și unt în cealaltă mână
« Tu aurais dû finir », dit le roi
— Ar fi trebuit să termini, spuse regele
« Quand avez-vous commencé ? »
"Când ai început?"
Le chapelier regarda le lièvre de marche
Pălăriile s-au uitat la iepurele de marș
Le lièvre de marche l'avait suivi dans la cour
Iepurele de martie l-a urmat în curte
Il avait marché bras dessus bras dessous avec le loir
A mers braț la braț cu șoricul
« Le quatorzième mars, je crois, dit-il
"Paisprezece martie, cred că a fost", a spus el
« Rendez votre témoignage », dit le roi
"Dă-ți mărturia", a spus regele
« Et ne sois pas nerveux, ou je te ferai exécuter sur-le-

champ »
"şi nu fi nervos, altfel te voi executa pe loc"
Cela n'a pas semblé encourager du tout le témoin
Acest lucru nu părea să-l încurajeze deloc pe martor
Il n'arrêtait pas de se déplacer d'un pied sur l'autre
A continuat să se miște de la un picior la altul
et il regarda la reine avec inquiétude
şi s-a uitat neliniştit la regină
et, dans sa confusion, il mordit un gros morceau de sa tasse de thé
şi, în confuzia lui, a muşcat o bucată mare din ceaşca de ceai
En réalité, il voulait croquer dans son pain et son beurre
Într-adevăr, a vrut să muşte din pâinea şi untul său
Juste à ce moment, Alice éprouva une sensation très curieuse
Chiar în acest moment Alice a simţit o senzaţie foarte curioasă
Elle commençait à grossir à nouveau
începea să crească din nou
Le misérable chapelier laissa tomber sa tasse de thé
Mizerabilul pălărier şi-a scăpat ceaşca de ceai
et le pain et le beurre tombèrent à terre
şi pâinea şi untul au căzut la pământ
et il mit un genou à terre
şi a căzut în genunchi
« Je suis un pauvre homme, Votre Majesté », a-t-il commencé
"Sunt un om sărac, maiestatea voastră", a început el
« Vous êtes un bien mauvais orateur, » dit le roi
"Eşti un vorbitor foarte slab", a spus regele
« Tu peux y aller, » dit le roi
"Poţi să pleci", a spus regele
et le chapelier quitta précipitamment la cour
iar pălărierul a părăsit în grabă curtea
« Appelez le témoin suivant ! » dit le roi
"Cheamă următorul martor!" a spus regele
Le témoin suivant fut le cuisinier de la duchesse
Următorul martor a fost bucătarul ducesei
Elle portait la poivrière à la main
Purta cutia de piper în mână

et les gens près de la porte se mirent à éternuer tout à coup
și oamenii de lângă ușă au început să strănute dintr-o dată
« Rendez votre témoignage », dit le roi
"Dă-ți mărturia", a spus regele
— Je ne donnerai aucun témoignage, dit le cuisinier
"Nu voi da nicio mărturie", a spus bucătarul
Le roi regarda anxieusement le lapin blanc
Regele s-a uitat neliniștit la iepurele alb
Et le lapin blanc parlait d'une voix douce
iar iepurele alb a vorbit cu o voce liniștită
« Votre Majesté doit contre-interroger ce témoin »
"Majestatea Voastră trebuie să interogheze acest martor"
« Eh bien, s'il le faut, il le faut, » dit le roi
"Ei bine, dacă trebuie, trebuie", a spus regele
« De quoi sont faites les tartes ? »
"Din ce sunt făcute tartele?"
« Les tartes sont faites de poivre, principalement », a déclaré
le cuisinier
"Tartele sunt făcute din piper, în mare parte", a spus bucătarul
Pendant quelques minutes, toute la cour fut dans la
confusion
Timp de câteva minute, întreaga curte a fost în confuzie
Finalement, ils se sont tous calmés
În cele din urmă s-au liniștit din nou
Mais à ce moment-là, le cuisinier avait disparu
dar până atunci bucătarul dispăruse
« N'importe ! » dit le roi
"Nu contează!" a spus regele
« Appel à la barre du prochain témoin »
"Chemați la tribună următorul martor"
Alice regarda le lapin blanc qui tâtonnait sur la liste
Alice l-a privit pe iepurele alb în timp ce se uita peste listă
Vous pouvez imaginer sa surprise à ce qu'elle a entendu
ensuite
Vă puteți imagina surpriza ei la ceea ce a auzit în continuare
à tue-tête de sa petite voix aiguë, il appela le nom « Alice ! »
cu vocea sa stridentă, a strigat numele "Alice!"

Le témoignage d'Alice
Mărturia lui Alice

« Ici ! » s'écria Alice
— Uite! strigă Alice
Elle se leva d'un bond en toute hâte
A sărit în sus în mare grabă
et elle renversa le banc des jurés
și a răsturnat boxa juraților
et elle renversa tous les jurés
și i-a doborât pe toți jurații
et ils tombèrent sur la tête de la foule en bas
și au căzut în capetele mulțimii de jos
Alice était dans un grand désarroi
Alice era foarte consternată
« Oh ! je vous demande pardon ! » s'écria-t-elle
"Oh, vă cer iertare!" a exclamat ea
« Le procès ne peut pas avoir lieu », dit le roi
"Procesul nu poate continua", a spus regele
« Les jurés doivent retourner à leur place »
"Jurații trebuie să se întoarcă la locurile lor"
Il répéta l'ordre avec beaucoup d'emphase
a repetat ordinul cu mare emfază
et il regarda Alice d'un air sévère
și s-a uitat la Alice cu severitate
« Que savez-vous de ces événements ? » demanda le roi à Alice
"Ce știi despre aceste evenimente?" a întrebat-o regele pe Alice
— Je ne sais rien à ce sujet, dit Alice
— Nu știu nimic despre acest subiect, spuse Alice
Le roi lut ensuite un extrait de son livre
Regele a citit apoi din cartea sa
« Règle quarante-deux »
"Regula patruzeci și doi"
« Toutes les personnes de plus d'un kilomètre de haut doivent quitter le tribunal »
"Toate persoanele cu o înălțime mai mare de un kilometru trebuie să părăsească curtea"

« Je ne suis pas à un mille de haut, » dit Alice
— Nu am nici o milă înălţime, spuse Alice
« Près de deux milles de haut », dit la reine
"Aproape două mile înălţime", a spus regina

— **Eh bien, je refuse d'y aller, dit Alice**
— Ei bine, refuz să plec, spuse Alice
Le roi pâlit
Regele a devenit palid
et il ferma précipitamment son carnet
şi şi-a închis în grabă carneţelul
« Considérez votre verdict », a-t-il dit au jury
"Luaţi în considerare verdictul vostru", a spus el juriului
Il parlait d'une voix basse et tremblante
a vorbit cu o voce joasă şi tremurândă
Puis le lapin blanc prit la parole
Apoi iepurele alb a vorbit
« Il y a encore plus de preuves à venir »
"Mai sunt încă mai multe dovezi"
et il se leva d'un bond en toute hâte
şi a sărit în sus în mare grabă

« Ce papier vient d'être retiré »
"Acest ziar tocmai a fost ridicat"
« On dirait que c'est une lettre écrite par le prisonnier »
"Pare a fi o scrisoare scrisă de prizonier"
Il déplia le papier tout en parlant
A desfăcut hârtia în timp ce vorbea
« Ce n'est pas une lettre, après tout »
"Nu este o scrisoare, la urma urmei"
« Ce que c'était, c'était un ensemble de versets »
"Ceea ce a fost a fost un set de versuri"
« S'il vous plaît, Votre Majesté », dit le coquin
"Vă rog, maiestatea voastră", a spus ticălosul
« Je n'ai pas écrit ces vers »
"Nu eu am scris acele versuri"
« et ils ne peuvent pas prouver que j'ai écrit quoi que ce
soit »
"și nu pot dovedi că am scris ceva"
« Il n'y a pas de nom signé à la fin »
"Nu există niciun nume semnat la sfârșit"
Le roi parla au fripon
Regele i-a vorbit ticălosului
« Vous avez dû vouloir causer des méfaits »
"Probabil că ai vrut să faci vreo răutate"
« Sinon, tu aurais signé ton nom comme un honnête
homme »
"altfel ți-ai fi semnat numele ca un om cinstit"
Il y eut un claquement général de mains
S-a auzit o bătaie generală de palme
Et le roi se tourna vers le lapin blanc
și regele s-a întors către iepurele alb
« Lisez les vers », ordonna-t-il
"Citiți versetele", a ordonat el
Il y eut un silence de mort dans la cour
A fost tăcere de moarte în curte
et le lapin blanc lut les versets
iar iepurele alb a citit versetele
Ils m'ont dit que vous étiez allé chez elle

Mi-au spus că ai fost la ea
Et ils lui parlèrent de moi
Și m-au povestit de el
Elle m'a donné un bon caractère
Mi-a dat un caracter bun
Mais elle a dit que je ne savais pas nager
Dar ea a spus că nu știu să înot
Il leur a fait savoir que je n'étais pas parti
Le-a trimis vestea că nu am plecat
Nous savons que c'est vrai
Știm că este adevărat
Si elle poussait l'affaire, que deviendriez-vous ?
Dacă ar insista mai departe, ce s-ar întâmpla cu tine?
Je lui en ai donné un, ils lui en ont donné deux
I-am dat unul, ei i-au dat două
Vous nous en avez donné trois ou plus
Ne-ai dat trei sau mai multe
Ils sont tous revenus de sa part vers vous
Toți s-au întors de la el la tine
bien qu'ils aient été les miens avant
deși erau ale mele înainte
Si j'avais la chance d'être
Dacă eu sau ea am avea șansa să fiu
Si j'étais impliqué dans cette affaire
Dacă eu sau ea am fost implicați în această afacere
Il compte en vous pour les libérer
El se încrede în tine să-i eliberezi
Exactement comme nous étions
Exact așa cum eram noi
Mon idée, c'est que vous aviez été
Ideea mea a fost că ai fost
Avant qu'elle n'ait cette crise
Înainte de a avea această criză
Un obstacle qui s'est dressé entre
Un obstacol care s-a interpus,
Lui, et nous-mêmes, et cela
El și noi înșine, și

Ne lui faites pas savoir qu'elle les aimait mieux
Nu-l lăsa să știe că îi place cel mai mult
Car cela doit être à jamais un secret, caché à tous les autres
Căci aceasta trebuie să fie pentru totdeauna un secret, ascuns
de toate celelalte
Ce secret doit rester un secret entre vous et moi
Acest secret trebuie să rămână un secret între tine și mine
Le roi était très impressionné
Regele a fost foarte impresionat
**« C'est la preuve la plus importante que nous ayons
entendue jusqu'à présent »**
"Aceasta este cea mai importantă dovadă pe care am auzit-o
până acum"
**— Je ne crois pas que ces vers aient un atome de sens,
objecta Alice**
"Nu cred că acele versete au un atom de semnificație", a
obiectat Alice
le roi avait sa propre opinion sur la question
regele avea propria sa părere în această privință
**« S'il n'y a pas de sens dans ces mots, cela sauve un monde
de problèmes »**
"Dacă nu există niciun sens în aceste cuvinte, asta salvează o
lume de probleme"
**« Alors nous n'avons pas besoin d'essayer de trouver le
sens »**
"Atunci nu trebuie să încercăm să găsim sensul"
« Laissons le jury délibérer sur son verdict »
"Lăsați juriul să-și ia în considerare verdictul"
« Non, non ! » dit la reine
"Nu, nu!" a spus regina
« La condamnation d'abord, le verdict ensuite »
"Sentința mai întâi – verdictul după"
« Des bêtises et des bêtises ! » dit Alice à haute voix
"Chestii și prostii!" a spus Alice cu voce tare
« Comme il est stupide de condamner l'accusé en premier ! »
"Ce prostesc este să-l condamni pe inculpat primul!"

« Tais-toi ! » dit la reine en devenant violette
"Ține-ți limba!" a spus regina, devenind purpurie
« Je ne me tairai pas ! » dit Alice
— Nu îmi voi ține limba! spuse Alice
cria la reine à tue-tête
Regina a strigat cu voce tare
« Coupez-lui la tête ! »
"Tăiați-i capul!"
Personne n'a fait un mouvement
Nimeni nu a făcut o mișcare
« Qui se soucie de ce que vous dites ? » dit Alice
"Cui îi pasă ce spui?" a spus Alice
Elle avait atteint sa taille maximale à ce moment-là
ea crescuse până la dimensiunea ei maximă până în acest
moment
« Tu n'es rien d'autre qu'un jeu de cartes ! »
"Nu ești altceva decât un pachet de cărți!"
À ces mots, toutes les cartes se levèrent dans les airs
La aceasta, toate cărțile s-au ridicat în aer
et toutes les cartes s'abattaient sur elle

și toate cărțile au zburat peste ea
Elle poussa un petit cri
a scos un mic țipăt
Elle était à moitié effrayée, mais aussi en colère
Îi era pe jumătate frică, dar și furioasă
Et elle a essayé de se battre contre les cartes
și a încercat să lupte cu cărțile de pe ea însăși
puis elle se retrouva allongée sur le talus d'herbe
și apoi s-a trezit întinsă pe malul de iarbă
Sa tête était sur les genoux de sa sœur
capul ei era în poala surorii ei
Des feuilles mortes s'étaient posées sur son visage
niște frunze moarte aterizaseră pe fața ei
et sa sœur balayait doucement les feuilles
iar sora ei îndepărta ușor frunzele
« Réveille-toi, ma chère Alice ! » dit sa sœur
"Trezește-te, dragă Alice!" a spus sora ei
« Quel long sommeil tu as eu ! »
"Ce somn lung ai avut!"
« Oh, j'ai fait un rêve si curieux ! » dit Alice
— Oh, am avut un vis atât de ciudat! spuse Alice
Et elle raconta à sa sœur tout ce qu'elle pouvait se rappeler
Și i-a spus surorii sale tot ce și-a putut aminti
toutes les étranges aventures que vous venez de lire
toate aventurile ciudate despre care tocmai ai citit
Alice se leva et s'enfuit en courant
Alice s-a ridicat și a fugit
et elle pensait, tout en courant, à son rêve
și se gândea, în timp ce alerga, la visul ei
« Quel rêve merveilleux cela avait été ! »
Ce vis minunat a fost!